마더링 선데이

마더링 선데이

그레이엄 스위프트

"캔디스를 위하여"

"넌 무도회에 가야 해!"

옛날 옛적, 아득한 옛날이었다.
업리 가와 비치우드 가의 아들들이 전쟁에 나가 희생되기 전이다. 두 가문의 살림이 점점 어려워져서 남자 하인들은 모두 떠나고 요리사 한 명과 하녀 한 명만 남게 되기도 전이다. 자동차보다 말이 더 흔하던 시절이었다.

그때 셰링엄 가의 마구간에도 네 마리 말이 있었지만 그것이 다는 아니었다. '진짜 말'이라고 할 법한 순종 경주마도 있었다. 이름은 판당고였고, 뉴베리 인근의 목장에 맡겨 두었다. 안타깝게도 판당고는 경주에서 이긴 적이 한 번도 없었다. 그러나 셰링엄 가족은 기다려 주었다. 판당고가 언젠가는 남잉글랜드 경마장에서 명성과 영광을 떨치리라 믿었던 것이다. 판당고의 소유권을 두고 모종의 합의를 보기도 했다. 엄마와 아빠-폴이 붙인 조롱 섞인 호칭에 따르면 '가식쟁이들'-는 머리와 몸통을 갖기로 했다. 폴과 딕, 프레디는 다리를 하나씩 차지했다.

"네 번째 다리는요?"
"아, 네 번째 다리! 그러게 그것을 누가 가져야 할지 늘 의문이었어."

사실 폴도 판당고라는 이름은 들었지만, 실물을 본 적이 거의 없었다. 값비싸게 사육되고 훈련된 말이었는데 말이다. 1915년에 팔렸는데 그때 폴도 15세였다.

"제이, 네가 오기 전이었어."

언젠가 한 번, 아주 오래전, 6월의 어느 이른 아침 셰링엄 가의 온 가족이 판당고를 보러 간 적이 있었다. 갑작스럽게 추진된 여정이었다. 그들은 판당고가 언덕 위로 힘껏 달리는 모습을 보았다. 판당고가 다른 말과 함께 요란스런 소리를 내면서 다가왔다가 휙 하고 스쳐 가는 모습을 난간에 서서 가만히 지켜보았었다. 폴, 엄마, 아빠, 딕, 프레디, 그리고 네 번째 다리의 주인이 유령처럼 함께 있었는지도 모른다.

폴이 제인의 다리에 손을 얹었다.

제인이 알기로 폴의 눈에 눈물이 맺힌 것은 그때뿐이었다. 제인은 예리한 통찰과 풍부한 상상의 눈으로, 아흔 살까지도 잃지 않고 있었던 특유의 그 통찰과 상상력으로, 판당고가 돌진하며 진흙과 이슬을 튕겨대는 모습을 떠올렸다. 폴과 함께 난간에 서서, 마법이라도 일어난 듯 폴과 단둘이서만 말이다. 판당고를 본 적 없지만, 상상할 수는 있었다. 아주 또렷하게 상상할 수 있었다. 붉은 원반 같은 태양이 잿빛 언덕 위로 떠오르고 있고, 공기는 여전히 선명하고 차가웠다. 폴은 은 뚜껑 힙 플라스크[1]에 든 술을 나눠 마시면서, 딱히 남의 시선을 의식하지 않은 채 제인의 엉덩이를 움켜잡으리라.

꽃장식

제인은 폴이 햇볕 쏟아지는 방을 알몸으로 가로지르는 모습을 지켜보았다. 실버 인장 반지[2]를 가지러 가는 중이었

---

1) 힙 플라스크(Hip Flask): 휴대용 술병으로, 바지 뒷주머니에 들어갈 정도로 납작하다.
2) 인장 반지: 도장을 새긴 반지. 보통 이니셜과 가문(家紋)으로 구성된다.

다. 제인은 훗날 작가가 되어서도 남자에게 '종마'라는 말을 붙이는 것을 내켜 하지 않았다. 하지만 당시 폴은 종마 같은 사람이었다. 폴은 스물셋, 제인은 스물둘이었다. 폴은 순종이라 해도 될 법한 사람이었다. 제인은 그때 종마라는 말을 알지 못했듯이 순종이라는 말도 알지 못했다. 그때는 모르는 어휘가 많았다.

1924년 3월이었다. 6월은 아니지만 6월 같은 날씨였다. 분명 정오가 좀 지난 뒤였다. 창문은 활짝 열려 있었고, 폴은 나체인 채로 햇살이 가득한 방을 가로질러 걸어갔다. 벌거벗은 짐승처럼 아무렇지 않게 말이다. 폴 자신의 방이니 문제 될 것이 없다. 자기 방에서는 뭐든 마음대로 해도 상관없는 법이다. 제인은 지금까지 이 방에 들어온 적이 없었고, 앞으로도 들어올 일이 없을 것이다.

제인 역시 알몸이었다.

1924년 3월 30일이었다.

격자무늬 창문에서 폴 쪽으로 드리워진 그림자가 이내 나뭇잎 떨어지듯 스쳐 지나갔다. 폴이 화장대에서 담뱃갑과 라이터와 작은 은 재떨이를 챙겨 돌아서자, 햇볕을 잔뜩 받고 있는 짙은 음모 아래로 음경과 고환이 보였다. 축 처져 있었고 끈적이는 느낌이 남아 있는 듯했다. 폴이 제인의 시선을 신경 쓰지 않았기에 제인은 그것을 마음대로 쳐다봐도 괜찮았다.

폴도 제인을 바라보았다. 제인도 알몸으로 쭉 뻗어 누워 있었다. 하나뿐인 싸구려 귀걸이만 걸치고 말이다. 시트마저 덮지 않은 채였다. 제인은 폴이 자신을 좀 더 잘 볼 수 있도록 머리 뒤에 두 손을 깍지 끼고 가슴을 활짝 열었다.

만끽해 봐.
제인에게 떠오른 표현이었다.
그녀에게 표현이라고 말할 수 있는 것들이 떠오르기 시작했다.
만끽해 봐.

바깥에는 버크셔주의 풍광이 쭉 펼쳐져 있었다. 밝고 푸르른 나무에 둘러싸인, 새도 재잘재잘 노래하는, 3월인데도 6월 같은 축복 받은 날이었다.
폴은 계속 경마에 돈을 낭비했다. 아직도 말이라면 사족을 못 썼다. 폴에게 있어서 돈을 제대로 쓴다는 것은 곧 흥청망청 써 버린다는 것을 의미하는 듯했다. 폴은 삼 형제 몫이었던 돈을 8년 동안 갖고 있었고 그것을 '전리품'이라고 불렀다. 그러나 전리품 없이도 원하는 것은 무엇이든 가질 수 있다는 것을 확인하고 싶었는지, 폴은 제인과 7년 동안 해왔던 행위에 비용을 들이지 않았다. 남몰래 위험천만한 짓을 하느라 쏟아부은 안간힘이 비용이라면 비용일 수 있을 것이다.

제인은 이런 침대에 누워본 적이 없다. 침대는 1인용인데도 꽤 널찍했다. 제인은 이 방은 물론, 이 집에도 들어온 적이 없다. 들키지만 않는다면 이 시간은 제인에게 최고의 선물이 될 것이다.

폴이 제인에게 준 6펜스를 비용이라고 할 수 있을까? 심지어 3펜스였던가? 둘 사이에서 무엇인가가 시작되려던 때였다. 적절한 표현인지 모르나 둘이 더 '진지한' 사이가 되기 전이었다. 제인이 감히 폴에게 돈 이야기를 꺼낼 수는 없었을 것이다. 어쨌든 지금도 돈 얘기를 할 때는 아니다.

폴이 옆에 앉아 먼지를 털어내듯 제인의 배를 손으로 쓱 쓸어내렸다. 그러고는 그 위에 라이터와 재떨이를 가지런히 올려두고, 손에는 담뱃갑을 쥐었다. 담배 두 개비를 꺼내서 그중 하나를, 앞으로 쭉 내민 제인의 입술에 꽂아 넣었다. 제인은 아직도 뒤통수 아래의 손깍지를 풀지 않았다. 폴은 제인의 담배에 불을 붙여 준 다음 자기 것에도 붙였다. 이어 담뱃갑과 라이터를 주섬주섬 챙겨 침대 옆 탁자에 올려두고는 제인 옆에 팔다리를 쭉 뻗고 누웠다. 재떨이는 여전히 제인의 배꼽과, 폴이 아무 거리낌 없이 음부라고 부르는 부위 사이에 놓여 있었다.

음부, 음경, 불알. 쉽고 기본적인 표현이다.

3월 30일. 일요일이었다. 바로 마더링 선데이[3]라고 불리는 날이었다.

"자, 제인, 그러기에 아주 좋은 날이군."

제인이 따끈따끈한 커피와 토스트를 내오자 니븐 씨가 말했다.

"그렇습니다, 주인어른."

제인은 니븐 씨가 무슨 뜻으로 '그러기'라고 했는지 퍽 궁금했다.

"정말 그러기에 아주 좋은 날이야."

마치 니븐 씨가 인심 써서 하루를 베풀어 주기라도 하는 듯한 느낌이었다. 니븐 씨는 부인에게 말했다.

"음, 누가 우리한테 날씨가 이렇게 좋을 거라고 말해줬더라면 바구니를 미리 챙겼을 텐데. 우리끼리 강가로 소풍이나 가게 말이오."

니븐 씨가 하도 진지한 어투로 말하는 바람에, 정말로 계획이 바뀌어서 밀리와 함께 소풍 바구니를 준비해야 할지도 모른다고 제인은 생각했다. 이렇게 갑작스럽게 지시가 떨어지면 바구니가 어디에 있는지 찾고 그 안에 무엇을 담을지

---

3) 마더링 선데이(Mothering Sunday): 미국의 '어머니날'과 비슷하지만, 영국에서는 사순절 넷째 주 일요일에 기념한다.

허둥대겠지만 시키는 대로 해야 했을 것이다.

그러자 니븐 부인이 "고드프리, 지금은 3월이라고요."라고 말하며 핀잔의 눈초리로 창가를 바라보았다.

글쎄, 날씨가 이례적으로 따뜻해졌고 시간이 갈수록 기온이 오르고 있다는 것을 니븐 부인은 몰랐다. 어쨌든 니븐 가족은 일정이 있었는데, 어디까지나 날씨가 따라 줄 때 얘기였다. 니븐 가족은 헨리[4]로 차를 끌고 가서 홉데이 가족과 셰링엄 가족을 만나기로 했다. 보통은 다 같이 헨리에 모여서 점심을 먹었다. 1년에 딱 하루, 잠깐 만나는 모임이었다. 하인들 없이 시간을 보내는 만큼 귀찮은 일도 감수해야 했다.

홉데이 가족이 주선한 모임이었다. 초대라고 하는 것이 맞을 것이다. 폴 셰링엄은 엠마 홉데이와 2주 뒤에 결혼할 예정이다. 그래서 홉데이 가족이 셰링엄 가족에게 점심 소풍을 제안한 것이다. 술잔을 기울이며 다가올 행사에 대해 이야기를 나눌 기회이자, 하인 없는 마더링 선데이에 겪게 될 불편함을 해소할 방법이기도 했다. 니븐 가족도 똑같은 불편을 겪을 것이고, 셰링엄 가족과 막역한 사이이자 이웃인 만큼 결혼식에 귀빈으로 참석할 예정이기도 했다. 따라서 니븐 씨는 강가로 소풍 가고 싶은 마음을 접고 점심 모임에 마지

---

4) 헨리(Henley): 영국 옥스퍼드셔 템스강에 있는 도시

못해 '끌려 들어가야' 했을 것이다.

제인은 이로 인해 이미 알고 있던 진실에 대해 확신을 갖게 되었다. 폴 셰링엄이 어떤 결혼을 하든 간에, 돈을 노리고 하는 결혼이라는 점이다. 자기 몫을 노름으로 탕진했으니 그래야 했을 것이다. 홉데이 가족은 2주 뒤에 있을 성대한 결혼식의 비용을 댈 터인데도 굳이 미리 축하하며 돈을 쓰려 하고 있다. 샴페인 한두 병 정도 이상의 비용이 요구될 수도 있을 텐데 말이다. 홉데이 가는 돈이 넘치도록 많은 모양이라고 제인은 생각했다. 니븐 씨는 어쩌면 바구니 이야기를 꺼내면서, 홉데이 가가 비용을 얼마나 책정했는지, 혹은 자기 주머니에서는 얼마나 나가게 될지를 고민했는지 모른다.

제인은 자기와는 아무 이해관계가 없는데도 홉데이 가가 가진 것이 많다는 사실이 마음에 들었다. 엠마 홉데이는 대단한 부자일 테고, 그렇다면 이 결혼은 복잡한 방식으로나마 '전리품'을 얻는 셈이 될 것이기 때문이다. 제인은 이 점에 안도하고 위로받았다.

니븐 씨가 '끌려 들어간' 사정을 말할 때 제인은 다른 이유 때문에 신경이 바짝 곤두서 있었다.

폴 씨와 홉데이 양도 모임에 참석할까?

직접 물어볼 수는 없는 노릇이지만, 꼭 알고 싶긴 했다. 여느 때처럼 니븐 씨가 무심코 정보를 흘려주는 일도 이번에는 일어나지 않았다.

"밀리한테 준비 좀 해달라고 전해주겠나? 물론 이 일 때문에… 자네 계획에 차질이 생기지는 않을 걸세."

"알겠습니다, 주인어른."

"제인, 헨리에서 큰 연회가 있네. 가족 모임이지. 날씨가 따라 주길 바라자고."

제인은 '연회'가 무슨 뜻인지 잘 몰랐지만, 어디선가 그 말을 본 느낌이 들었다. 어쨌든 '큰'이라는 말은 좋은 뜻이었다.

"저도 그러면 좋겠습니다, 주인어른."

※

날씨가 좋아지자 니븐 씨는 아까 했던 걱정이 무색해질 정도로 기분이 풀렸다. 니븐 씨는 직접 운전할 작정인 듯했다. 서둘러 출발해 '느긋하게 드라이브하면서' 맑은 아침 공기를 한껏 즐기자는 말을 벌써부터 했다. 생활비가 날이 갈수록 부족해 가는 상황이니 알프에게 운전을 부탁하지 않을 것이다. 알프라면 그럴싸하게 기사 노릇을 할 수 있는데 말이다. 아무튼 제인이 최근 몇 년간 지켜본 바로는, 니븐 씨는 운전을 좋아하는 사람이다. 남이 운전하는 차를 타고 품위를 지키는 쪽보다는 직접 운전하는 기쁨을 누리는 쪽을 더 선호하는 듯했다. 운전을 하는 동안에는 소년처럼 감정을 쏟아낼 수 있었을 것이다. 고함치고 탄식하고 온갖 혼잣말을 쏟아내기도 하고, 심지어 실컷 애도까지 하며 시간을 보낼 수 있었을 것이다.

오래전 주일 예배에서 니븐 가족은 셰링엄 가족을 알게 되었을 것이다.

'귀족들'은 인기 있는 교외 어딘가로 가겠다고 했다. 제인은 헨리에 있는 조지 호텔일 것이라고 생각했다. 아직 강풍과 눈의 계절인 3월인지라 야외로 소풍을 나갈 리는 없을 테니까. 하지만 그날 아침은 꼭 여름 같았다. 니븐 부인은 외출 준비를 하기 위해 식탁에서 자리를 떴다.

제인은 마침 니븐 씨와 단둘이 있게 되었는데도 '혹시 홉데이 양과 폴도…?'라고 물어볼 수가 없었다. 화젯거리라고는 곧 있을 결혼식밖에 없기도 했고, 할 일 없는 하녀가 호기심에 물어볼 만한 질문이었는데도 말이다. 물론 제인은 '두 사람이 참석하지 않는다면, 둘만의 계획이 따로 있을까요?'라고 물어보지도 못했다.

제인은 자기가 약혼자 커플의 한쪽이라면, 아니면 적어도 폴 셰링엄의 반쪽이라면, 결혼식 2주 전에 어르신들이 야단스럽게 주선하는 잔치에는 가고 싶지 않을 것 같았다. 폴이라면 '허세 쩌는 가식쟁이 세 팀이 다 모이네'라고 했을 것이다. 폴이 입에 담배를 문 채 눈을 찡그리는 모습이 제인의 눈에 선했다.

정보를 더 얻지 못한다고 해도 제인에게는 아직 해결되지 않은 문제가 남아 있었다. 이렇게 특별한 날에 무엇을 할 것인지였다. 오늘은 가슴 아플 만큼 특별한 날이다. 날씨는 무척 좋았지만 무엇을 할지 결정하는 데에 도움이 되지는 않았다. 2주 남은 그들의 결혼이 제인의 마음에 더 짙은 그림자만 드리우는 느낌이었다.

제인은 니븐 씨와 부인이 괜찮다고 하면, 자기는 아무 데도 안 '갈' 수도 있다고 말하려 했다. 그래도 된다면 이곳 비치우드 저택에 남아서 책을 읽을 것이다…. 니븐 씨의 책이지만 '자기 책'이라고 말하고 싶었다. 제인은 햇볕이 쏟아지는 정원 어딘가에 차분하게 앉아 책을 읽고 싶었다. 물론 니븐 가족이 돌아오면 언제든지 다시 제 할 일을 할 생각이었다.

니븐 씨는 이런 천진난만한 제안만 받아줄 사람이라는 것을 제인은 알고 있었다. 부엌에는 먹을거리도 있을 것이다. 밀리가 떠나기 전에 샌드위치까지 준비해 둘 테니 제인은 홀로 '소풍'을 즐길 수 있으리라 생각했다.

진짜 그렇게 하루를 보내게 될 수 있었다. 해시계 옆 구석에 있는 벤치에서 말이다. 꽃이 가득 핀 목련 나무 아래로 날씨에 속은 듯 호박벌이 때 이르게 날아다니고, 제인의 무릎 위에는 책이 올려져 있을 것이다. 어떤 책을 읽을지도 점찍어 두었다. 그리하여, 제인은 니븐 씨에게 이 계획을 이야기하려 했다. 그때 전화벨이 따르릉 울렸다. 제인이 해야 하는 수많은 일 중에는 전화를 받는 일도 있었다. 후다닥 전화를 받았다. 전화 속 목소리를 듣자 제인의 가슴이 벅차오르기 시작했다. 책에서나 봤을 법한 말이 들려왔다. 제인에게도 그런 일이 일어난 것이다. 영웅에게 사로잡힌 영화 속 주인공처럼 가슴이 벅차올랐다. 잠시 후 제인은 파란 하늘 높이 날아오르는 종달새처럼 업리 저택을 향해 페달을 밟게 될 것이다.

제인은 수화기에 대고 조심조심 목소리의 톤을 높여서 그럴듯하게 꾸며냈다. 하녀답지만 약간의 위엄을 곁들인 목소리였다.

"네, 사모님."

⁂

지저귀는 새소리 사이로 교회 종소리가 댕댕 울려 퍼졌다. 열린 창문을 타고 따뜻한 바람이 살랑살랑 불어왔다. 폴은 커튼을 닫지 않았고, 제인을 숨겨주려는 시늉도 하지 않았다. 숨겨줄 필요가 없었다. 창밖 나무 너머로 잔디와 자갈이 내려다보였다. 햇살만이 두 사람의 알몸에 갈채를 보내며 비밀스러운 행위들을 낱낱이 비추었다.

몇 년 동안 함께 시간을 보내면서도 이렇게 완전히 알몸이었던 적은 단 한 번도 없었다. 이것을 어떻게 표현해야 할지 떠오르지 않았다. 강한 친밀감일지 혹은 해방감일지.

만끽해 봐, 제인은 감히, 자기가 몰래 침입한 미인 같다고 생각했다. 과연 미인일까? 제인의 손가락은 마디마디가 새빨간 데다 손톱은 거칠게 닳아 있었다. 머리카락은 사방으로 마구 뻗쳐 있었고 일부는 이마에 착 달라붙어 있었으니 말이다. 그래도 폴이 하인처럼 담배를 가져다주는 바람에 거만해지는 기분이 조금 느껴지기는 했다.

2시간 전, 제인은 폴을 '사모님'이라고 불렀다! 전화기에서 폴의 목소리가 들려오자, 제인은 들뜨는 마음을 가다듬어야 했다. 거실 문은 활짝 열려 있었다. 니븐 씨는 아직도 토스트와 마멀레이드를 먹느라 정신이 없었다. 전화기에서 빠르고, 간결하고, 거역할 수 없는 지시가 들려오는 동안, 제인은 계속 "네, 사모님…. 아뇨, 사모님…. 괜찮습니다, 사모님." 하며 응대했다.

가슴이 벅차올랐다.
만끽해 봐. 제인과 폴만의 은밀한 이야기가 시작되고 있었다.

1시간도 채 지나지 않아, 제인이 자전거에서 내리자 폴이 현관문을 열어주었다. 문을 사이에 두고 마주 서니 제인은 진짜 손님이 되고, 폴은 수석 집사가 된 듯했다. 두 사람은

'사모님'이라 말하며 웃음을 터뜨렸다. 제인이 안으로 들어오면서 다시 한번 "감사합니다, 사모님"하고 말했을 때도 웃음이 터져나왔다. 폴이 말했다.

"제이, 똑똑하다니까. 그거 알아? 넌 똑똑해."

폴은 이런 식으로 칭찬했다. 도무지 생각지도 못할 만한 사실을 알려 주는 것처럼.

그렇다, 제인은 똑똑했다. 자신이 폴보다 더 똑똑하다는 사실을 알 만큼 똑똑했다. 제인은 늘, 특히 초기에는 폴보다 한 수 위였다. 제인도 알고 있었다. 폴은 제인이 자기보다 한 수 위이길 바랐다. 자기가 이상한 방식으로 명령을 내리더라도 그 속뜻을 알아차리기를 바란 것이다. 제인은 아흔 살이 될 때까지도 자신을 낮추는 습관을 떨쳐내지 못했다. 폴은 늘 왕자 같은 권위가 있었다. 주도권을 쥐었던 건 폴이었고, 8년 가까이 그렇게 지냈다. 폴은 제인을 자기 마음대로 대했다. 말하자면 폴은 왕자 같았다. 제인이 폴을 그렇게 버릇 들인 것이다. 그런데 현관에 같이 선 그때, 폴이 제인에게 고백하듯 겸손하게, 똑똑하다고 말했다. 마치 본인이 진짜 바보인 것처럼. 자갈밭 가장자리에 화사한 수선화가 늘어서 있었고, 복도 반대편 커다란 화병에는 눈부시게 새하얀 꽃이 서로 얽힌 채 피어올라 있었다. 뒤에서 문이 쾅 닫혔고, 제인은 폴과 단둘이 업리 저택에 있게 되었다. 일요일 아침 열한 시였다. 전에 온 적 없는 곳이었다.

"제인, 누구였나?"

니븐 씨가 물었다. '사모님'이라는 말에 셰링엄 부인이나 홉데이 부인이 계획을 바꾸려 한다고 생각했는지 모른다.

"잘못 걸었답니다, 주인어른."

"세상에, 그것도 일요일에." 니븐 씨는 약간 무미건조한 말투로 대답했다.

그러더니 시계를 힐끗 보고 냅킨을 접은 다음, 과하게 헛기침을 했다.

"자, 제인, 아침 식사 정리를 마치면 가도 된다네. 밀리도 마찬가지고. 근데 가기 전에…."

니븐 씨는 이렇게 말하면서 어색하게 반 크라운[5]을 내밀었다. 제인은 기다리던 동전을 받자 더 깍듯이 고개를 숙였다.

"감사합니다, 주인어른. 마음 써 주셔서 감사해요."

"자, 그러기에 아주 멋진 날이니 오늘 하루 잘 보내게, 제인."

니븐 씨가 아까 했던 말을 똑같이 하니, 제인은 다시 궁

---

5) 반 크라운(half crown): 2실링 6펜스짜리 동전

금해졌다. 무슨 뜻에서 '그러기에'라고 하는 것일까? 어리둥절했다. 니븐 씨는 왜 그러냐는 듯 제인을 호기심 어린 눈빛으로 바라보았다. 그러고는 가슴을 쫙 펴고 서더니 약간 사무적으로 대했다.

이상한 일이다. 마더링 선데이는 이미 사라져 가는 풍습인데, 니븐 가와 셰링엄 가는 여전히 애착을 갖고 있다. 과거로 되돌아가고 싶은 마음에 여전히 집착하는 것처럼 말이다. 두 가문은 혈육이 떼죽음을 당한 가족끼리 하나가 되어 똘똘 뭉치듯 전보다 더 서로에게 기대는 듯했다.

제인은 니븐 씨로 인해 더 혼란스러웠다. 반 크라운을 준 것도 지나치게 목을 가다듬으며 유난을 떤 것도 모두 이상했다.

"밀리가 첫 번째 자전거를 가져가서 역에 세워뒀다가, 다시 타고 돌아올 걸세. 그러면 제인은…?"

주요 교통수단이었던 말이 사라진 자리를 자전거가 대체하고 있었다. 사실, 밀리의 자전거에 달린 바구니가 좀 더 클 뿐 두 자전거의 모양새는 똑같았다. 그래도 니븐 씨는 꼼꼼하게 '첫 번째'와 '두 번째' 자전거라고 불렀다. 나이가 더 많은 밀리가 첫 번째 자전거를, 제인은 두 번째 자전거를 타게 됐다.

제인은 15분 안에 업리 저택에 갈 수 있었다. 그래도 업리 저택에 가는 것을 숨기려면 정식으로 허락을 받아야 했다.

"주인어른, 괜찮으시다면, 전 이만 가 보겠습니다. 두 번째 자전거를 타고요."

"그럴 거라고 생각했네, 제인."

제인은 방금 '제 자전거'라고 말할 수도 있었지만, '첫 번째'와 '두 번째' 문제에 예민한 니븐 씨에게 맞춰준 것이다. 밀리에게 들어서 알고 있었다. 니븐 씨의 '아들들', 그러니까 필립과 제임스에게 자전거가 있었다고 한다. 그게 바로 '첫 번째와 두 번째 자전거'였다. 아들들은 세상을 떠났고, 그들의 자전거도 사라졌지만, 이상하게도 '첫 번째'와 '두 번째'라고 부르던 전통은 두 하녀에게까지 이어졌다. 하녀 둘이 타는 것은 가로대가 없는 여성용 자전거인데도 말이다. 제인과 밀리는 숙녀가 될 자격은 없다고 해도 도련님들의 자전거 서열을 물려받았다는 측면에서 본다면, 미약하게나마 필립과 제임스의 후신이 될 자격은 있었다.

제인은 필립과 제임스를 본 적이 없었지만, 밀리는 둘을 알았을 뿐 아니라 둘의 식사도 담당했었다. 밀리는 한때 '내 남자'라고 부르던 이와 사귀기도 했는데, 그 남자는 두 도련님들과 똑같은 운명에 처하고 말았다. 아마 프랑스의 어느 끔찍한 전쟁터에서 죽어갔을 것이다. '내 남자'의 이름은 빌리였다. 밀리는 빌리라는 이름을 자주 언급하지는 않았다. 대신 '내 남자'는 '첫 번째'나 '두 번째' 자전거처럼 형식적인 호칭이 되었다. 그러니 밀리가 그 남자를 실제로 얼마나 잘 알았는지 파악하기는 어려웠다. 둘이 결혼했다면 옛이야기에 나올 법한 아주 잘 어울리는 한 쌍인 '밀리'와 '빌리'가 되었을 것이다. 아마 '내 남자'는 누구도 반박하지 못할 밀리만의 소설이거나 환상일 것이다. 극단적인 일이 연일 터져 나오던 전쟁의 세상에서는 어떤 공상을 하든 문제 될 것이 없었을 것이다.

 옛날 옛적, 아주 오랜 옛날, 전쟁의 참사가 한바탕 몰아친 직후에 제인 페어차일드가 새로운 하녀로서 비치우드 저택에 온 때였다. 여러 가문들이 그랬듯이 니븐 가도 생활비와 하인 수를 줄여야 했다. 결국 요리사 한 명과 하녀 한 명만 남았다. 나이가 더 많은 밀리가 순리대로 요리사 겸 가정부로 승진하였지만, 그녀는 부엌에 틀어박혀 지냈다. 새로 들어온 하녀 제인은 금세 집안일 대부분을 솜씨 있게 해냈다.
 제인은 밀리가 퍽 마음에 들었기에 자기가 일을 더 많이 하는 것이 언짢지 않았다.
 밀리는 제인보다 세 살밖에 많지 않았지만, '내 남자'를 잃자 몸무게와 허리둘레가 팍팍 늘어났다. 슬슬 어설픈 지혜까지 갖추는 듯하더니 자신이 늘 꿈꿔 온 '어머니'가 되기로 한 듯 한껏 나이 든 사람처럼 굴기 시작했다. 심지어 '내 남자'가 그녀의 가엾은 아들이 아니었을까라는 생각이 들 정도였다. 오늘도 요리사 밀리는 무거운 몸을 자전거에 싣고 역으로 가서 어머니를 만날 생각이다.

※

"당연히 그래도 된다네, 제인."

니븐 씨가 냅킨을 은반지에 끼워 넣으며 말했다. 어디에 가려고 하는지 물어보려 했는지도 모른다.

"두 번째 자전거는 자네 마음대로 쓰게. 자네한테는, 에헴, 2실링 6펜스도 있잖나. 버크셔주 전체를 마음대로 돌아다녀도 된다네. 다시 돌아오기만 한다면 말일세!"

니븐 씨는 자기가 폭넓게 허락해 준 자유가 오히려 부럽다는 듯이 말했다.

"자네의 날이구먼. 자네는, 에헴, 장비도 갖췄으니까."

니븐 씨는 제인이 이제 이런 말도 알아들으리라고 생각했다. 제인의 독서 습관을 은근히 칭찬하는 뜻으로 한 말일 것이다. 밀리였다면 '장비'가 부엌에 있는 숟가락이라고 생각했을 것이다. 장비란 책을 의미한다. 니븐 씨가 다른 뜻으로 그 말을 했을 리는 없다.

1924년 3월 30일이었다. 마더링 선데이였다. 밀리는 만나러 갈 어머니가 있다. 제인은 소소한 자유와 반 크라운을 얻었다. 그러다 전화벨이 울리자 제인이 미리 세워 둔 소풍 계획이 순식간에 바뀌었다.

이건 분명 제인이 기대한 것 이상이다. 폴과 홉데이 양이 헨리의 연회에 가지 않을 경우, 둘이서 하루를 어떻게 보낼 것인지에 대한 답은 아직 알 수 없지만 말이다.

그들 둘 다 차가 있다. 폴이나 홉데이 양 같은 부류의 젊은이에게는 차가 있기 마련이다. 폴은 가끔 홉데이 양의 차를 '엠마모빌'이라고 부르곤 했다. 둘 다 분명 자기 차를 탈 테고, 이들이 주어진 기회를 잘 사용하는 위인들이라면, 때마침 비어 있는 두 집 중에서 마음 가는 곳을 고르면 될 일이다. 이런 날에는 전국 방방곡곡에 잠깐 비어 있는 집이 넘쳐 나서, 밀회를 나누기에 어려움이 없다. 제인이 폴 셰링엄에 대해 익히 알다시피….

그렇다. 제인은 폴을 잘 알면서도, 잘 몰랐다. 어떤 면에서는 그 누구보다도 폴을 잘 알았다. 늘 그렇게 믿어 의심치 않았다. 하지만 자기가 폴을 얼마나 잘 아는지를 다른 사람이 알면 안 된다는 사실도 알고 있었다. 어떻게 하면 폴을 모르는 척할 수 있는지 알 만큼 그를 잘 알았다. 그러나 제인은 폴이 알몸으로 누운 채 무슨 생각을 하고 있는지는 알지 못했다. 폴은 아무것도 생각하지 않는 것처럼 보일 때가 많았다.

제인은 폴이 엠마 홉데이 앞에서 어떻게 행동하는지도 알지 못했다. 홉데이 양이 폴을 얼마나 알고 있는지도 알지 못했다. 한 번인가 두 번 언뜻 봤을 뿐이니 알 방법도 없었다. 분명히 알고 있는 사실은 홉데이 양이 꽃처럼 아름답다는 것이다. 꽃 같은 여자가 꽃무늬 옷을 입고 있었다. 하지만 제인은 홉데이 양이 어떨지는, 그러니까 폴과의 잠자리에서 어떨지는 알 수가 없었다. 폴은 곧 결혼할 예정인데도 홉데이 양 얘기는 거의 하지 않았다. 이는 제인이 폴 셰링엄을 얼마나 알지 못하는지를 나타내는 격이지만, 제인에게는 모르는 것이 차라리 위로가 되었다.

이상하게도 폴 셰링엄과 홉데이 양은 결혼 날짜가 점점 다가올수록 함께 있는 시간이 줄어갔다. 제인은 신부와 신랑이 결혼식 전에 하루 동안, 혹은 하룻밤 동안 서로 만나면 안 된다는 이야기를 들은 적이 있다. 그런 관습이 얼마간 계속 되었다손 치더라도 이건 너무 오래도록 따르는 셈이다. 폴은 분명 신랑이 될 생각에 안달이 나 있어야 했다.

책에서 본 듯한 어떤 말이 제인의 머릿속에 탁 떠오르면서 문득 그 말의 뜻을 깨닫게 되었다. 바로 '정략결혼'이라는 말이다.

제인이 기대할 수 있는 최선은 그것이었다. 그런다 한들 제인에게 실제로 보탬이 되는 건 없다. 이유가 무엇이 되었든 간에 폴은 풍족하게 갖춰진 돈과 화사한 꽃들을 거부하지 못할 것이었다. 제인은 니븐 씨가 바구니 이야기를 하던 때에도 이런 생각을 했다. 그러면 오늘, 그러니까 햇살이 화창한 오늘이 마지막 기회일 수 있다. 제인은 이게 폴에게 온 기회라 해야 하는지, 자신에게 온 기회라 해야 하는지 몰랐다. 둘 모두에게 온 기회라고 하는 것이 맞을 것이다.

어쨌든 제인은 폴을 잃을 준비가 돼 있었다. 폴은 제인을 잃을 준비가 돼 있었을까? 제인에게는 폴이 준비하기를 바랄 권리가 없다. 그렇다면 폴을 잃는다고 생각할 권리는 있을까? 엄밀히 따지면, 제인은 폴을 가진 적이 없지만, 한편으론 폴을 가졌다고 할 수도 있다.

제인은 폴을 잃는다는 게 어떤 기분인지 알지 못했고, 생각하고 싶지도 않았다. 잃을 수밖에 없었는데도 말이다. 어쩌면 제인은 아침에 니븐 씨에게 커피를 내가면서, 폴이 오늘 주어진 기회를 제대로 낚아챌 생각이라면, 그 기회를 자기에게 쓰면 좋겠다는 생각만 내내 했을 것이다. 희망 사항일 뿐이었다. 그런데 전화벨이 따르릉 울렸다.

"전화 잘못 거셨습니다."

제인의 가슴이 벅차올랐다.

"가식쟁이들이 금방 나갈 거야. 난 혼자 있을 거고. 열한 시 정각. 현관으로."

폴은 제인이 처한 상세한 상황과 거실문이 활짝 열려 있는 것까지 다 보이는 듯, 나지막하게 속삭였다. 무뚝뚝한 명령이었지만, 상황을 반전시키는 말이었다. 제인은 인내심을 갖고 예의 바르게 들어주었다. 아니, 들어주는 것처럼 보였을지도 모른다. 전화를 잘못 건 줄도 모르고 어리석게 수다를 늘어놓는 사람을 대하는 것처럼 말이다.

"사모님, 심히 죄송하지만, 전화 잘못 거셨습니다."

7년 사이에 '심(甚)히'를 그럴싸하게 흉내 내는 데에 얼마나 능숙해졌을까. 물론 다른 것도 마찬가지였다. 제인은 계속 적응해야 했다. 빈집에 둘만 있게 된 것에도 말이다. 전에는 이런 적이 없었다. '현관으로'라니. 제인은 어떤 현관이든 그곳을 통해 들어오라는 말을 들은 적이 없다.

"정말 괜찮습니다, 사모님."

니븐 씨는 토스트와 마멀레이드를 우적우적 먹어대는 것에 집중한 나머지 어쩌면 제인의 행동에 주의를 기울이지 못했을 것이다.

"잘못 걸었답니다."

제인이 말했다. 그러자 니븐 씨가 제인에게 반 크라운을 주었다.

니븐 씨가 제인이 폴 셰링엄을 위해, 혹은 폴 셰링엄에게 무슨 일을 해 주고 있었는지 알았다고 생각해 보자. 그렇다 한들, 고작 6펜스였다. 사실 그보다 덜 받은 적도 있었다. 그러다가 얼마 지나지 않아 폴과 제인은 한뜻으로, 아무런 이견도 없이 돈거래를 그만두기로 했다.

제인은 작가가 된 후 여든이나 아흔쯤에 질문을 몇 번 받긴 했지만, 공식 인터뷰에서 젊은 시절을 돌이켜 봤을 때 삶의 초반부에는, 자기가 확실히 창녀로 살았던 게 맞다고 생각했다. 물론 실제로 그렇게 말한 적은 없다. 고아이자, 하녀이자, 창녀로 살았다고 말이다.

※

폴이 제인의 배꼽 위 장식처럼 올려진 재떨이에 담뱃재를 톡톡 털었다.

※

숨겨 둔 연인. 숨겨 둔 친구.
폴은 언젠가 제인에게 그렇게 말했다.

"제이, 넌 내 친구야."

폴은 정말 선언이라도 하듯이 말했다. 제인은 그 말에 정신이 번쩍 들었다. 누구도 제인을 그렇게 부른 적도, 그런 말을 그렇게 명징하게 한 적도 없었다. 폴은 다른 친구라고는 없고, 친구라는 말의 의미를 막 알아낸 것처럼 말했다. 제인은 이처럼 설레는 마음을 아무에게도 말할 수 없었다.

제인은 머리가 어질어질했다. 열일곱 살이었다. 창녀 노릇이 끝나고 친구가 되었다. 어쩌면 연인보다 나을 수도 있었다. 그 당시 제인이 '연인'이라는 어휘를 쓸 줄 알았다거나, 머릿속에서라도 떠올렸으리라는 얘기는 아니다. 물론 옥스퍼드에서 연인이 있긴 했었다. 연인이 있었던 적이 많았으니 연인이 많았다고도 할 수 있다. 하지만 그중에 친구라 부를 만한 이는 몇 명이나 됐을까?

엠마 홉데이가 예비 신부였다고 한들, 폴의 친구일 수 있었을까? 친구 사이든, 연인이든, 아니면 그저 어느 날 티더튼 우체국에서 우연히 마주친 사이든, 젊은 폴과 비치우드 저택에 새로 온 하녀 제인은 온갖 비밀스러운 장소에서 온갖 행위를 함께 했다. 두 집은 겨우 1.6킬로미터 정도 떨어져 있어서, 뒷길로 간 다음에는 어쩔 수 없이 정원을 거쳐야 했다. 온실과 마구간의 빈터가 그들의 밀회 장소였다. 굳이 미리 약속을 하지 않아도, 만날 수 있을 것 같은 느낌을 좇아 가면 서로 마주치는 경우가 많았다. 그럴 때 서로의 직감은 신기할 정도로 일치하여 마치 미리 짜둔 계획 같았다. 이는 곧 습관이 되었고, 진정한 친구끼리 통하는 텔레파시가 되었다. 매번 우연히 일어나는 일 같았지만, 사실은 그렇지 않다는 걸 둘 다 알고 있었다.

그래서… 두 사람은 정말 연인이었을까?

자신들이 벌이고 있는 행위에 강렬하게 끌려 들어갔지만 무엇인가 잘못을 저지르고 있다는 인식은 있었다. 전쟁을 겪은 지 얼마 지나지 않은 시기여서 그들을 둘러싼 모든 세상이 애도 중이었기 때문이다. 둘은 자신의 경박함을 상쇄할 만한 무엇인가를 해야 했다. 그것은 바로 키득키득 웃어대기였다. 사실, 두 사람은 오로지 키득키득 웃어대려고 만나는 것처럼 보이기도 했다. 그러나 무슨 일이 있어도 둘의 밀회가 들키면 안 되었기에 키득키득 웃는 것은 다소 위험한 행위였다.

폴은 정중하고 거만한 태도로 은색 담뱃갑을 들고 있으면서도 마음속에는 여전히 키득키득 웃음이 있었다. 둘이 벌인 이 행위에 푹 빠져들어 거침없이 움직이는 순간에도 폴의 웃음소리는 예고도 없고 이유도 없이 불쑥불쑥 터져 나왔다. 거푸집이 산산조각 나는 소리처럼 귀에 거슬리는 웃음소리였다. 하지만 알몸이었기에 산산조각 날 거푸집 따위는 없었다. 폴은 도대체 왜 그렇게 웃어대야 했을까? 그 마지막 날에 말이다.

제인은 자전거의 페달을 세게 밟으며 비치우드 저택에서 업리 저택으로 갔다. 니븐 부부가 아직 출발하기 전이었기에 서두르는 것처럼 보이지 않으려고 애썼고, 업리 쪽으로 향하는 모습을 들키지 않으려고 조심했다. 제인은 문 앞에서 태연하게 오른쪽으로 방향을 틀었다. 모퉁이를 두 번 더 돈 다음에는 속도를 냈다.

업리 저택 가까이에 도달하자 제인은 전에 없던 동선으로 움직였다. 예전처럼 뒷길, 즉 정원이 있는 길 쪽으로 가지 않았다. 평소에는 익숙한 산사나무 덤불에 자전거를 숨겨 둔 다음 조심조심 걸어갔었다. 하지만 이번에는 앞길로 가서 자전거를 탄 채로 대담하게 업리 저택 정문을 지났다. 이어 줄지어 선 라임과 수선화 사이에 있는 진입로를 따라 올라갔다.

폴이 제인에게 명령한 대로였다. 현관으로. 제인은 정문으로 들어와서 방향을 튼 다음에야 그 명령이 전에 없던 선물이라는 사실을 깨달았다. 그렇다, 제인의 날이, 찾아온 것이다. 현관으로! 폴은 제인이 현관으로 들어오는 모습을 지켜보려 한 것이다. 제인이 입구 가까이에 자전거를 세우자마자 현관이, 더 정확히 말하면 까맣고 높다란 문 두 개 중에서 하나가 스르르 열렸다. 문에 초능력이라도 있는 듯했다.

제인은 폴의 침실에서 진입로가 내려다보인다는 사실을 금세 알게 되었다. 보려고 했다면, 제인은 활짝 열려 있던 창문으로 폴을 엿볼 수 있었다. 스르르 열린 까만 문 뒤에서 문득 폴이 걸어 나왔다. 이어 둘은 '사모님'과 '똑똑하다'는 말을 주고받았다. 제인은 재빨리 자전거를 앞쪽 벽에 기대어 세웠다. 현관 너머 복도 바닥에는 흑백의 체스판 무늬 타일이 깔려 있었다. 새하얀 꽃잎도 흩뿌려져 있었다.

"어머니가 아끼는 난초야. 근데 이것들을 보느라 시간을 낭비할 수는 없어."

그러더니 제인을 계단 위로 데려갔다. 더 정확히 말하면 제인의 엉덩이를 뒤에서 떠밀었다.

제인이 폴에게 '사모님'이라고 불릴 때가 온 것이었을까? 침실에 들어서자마자, 폴이 전에는 한 번도 해본 적 없던 것처럼, 모처럼 처음으로 온 기회를 포착하기라도 하듯이 제인의 옷을 벗기기 시작했다. 폴이 제인에게 둘러 있는 장막을 한 번이라도 제대로 해제한 적이 있었던가?

"거기 서 있어, 제이. 가만히."

폴의 섬세한 손이 제인의 옷을 하나하나 풀어내어 바닥으로 떨어뜨렸다. 그러는 동안 폴은 제인이 손 하나 까딱하지 않고 마치 인형처럼 가만히 있기를 바라는 듯했다. 제인이 가끔 기진맥진한 니븐 부인의 옷을 벗겨줄 때와 비슷했지만 폴의 이 행위에는 경외심에 가까운 깊은 감정이 담겨 있었다. 제인은 니븐 부인에게 경외심을 품어본 적이 없었음에도, 폴이 보이는 경외심을 느낄 수 있었다. 폴에 의해 신비의 베일이 벗겨지는 듯한 느낌이었다. 제인은 이 순간을 영원히 잊지 못할 것이다.

"움직이지 마, 제이."

그동안 제인은 이 놀라운 방을 둘러볼 수 있었다. 3면 거울이 있는 화장대 위에 자그마한 물건들이 어수선하게 놓여 있었다. 주로 은 제품들이었다. 안락의자는 크림색과 황금색의 줄무늬였다. 커튼도 무늬가 비슷했다. 폴이 제인의 옷을 벗기는 동안에 커튼은 활짝 열린 채 살랑살랑 흔들리고 있었다. 창문은 열려 있었다. 카펫은 흐린 회청색으로, 햇살에 갇힌 담배 연기 색깔이었다. 햇살도 방 안 가득 쏟아졌다. 침대가 하나 있었다.

"제이, 이게 뭐야? 숨겨 둔 보물인가?"

폴의 손가락이 제인의 옷 깊숙한 곳에 닿았다.

반 크라운이었다.

1924년 마더링 선데이였다. 사실 니븐 씨는 제인이 자전거를 타고 느릿느릿 떠나는 모습을 지켜보았다. 험버[6]를 앞쪽으로 끌고 와서 부인을 기다리던 참이었기 때문이다.

제인은 니븐 부인이 스스로 '열지' 못 할 때에는 니븐 씨가 '열어줄' 거라고 생각했다. 얼마나 멋진 말인가. '열어주'다니! 제인은 니븐 부인이 하녀인 자신에게 말할 때와는 사뭇 다르게, '고드프리, 열어줘요'라고 말하리라고 생각했다. 아니면 니븐 씨가 '열어도 되겠소, 클래리사?'라고 말할 거라 생각하기도 했다.

제인은 니븐 부부가 아직도, 가끔 잠자리를 할 거라고 생각했다. 8년 전에 '용감한 아들' 둘을 다 잃었는데도 말이다. 시트를 갈면서 간혹 증거를 보았으니 상상만은 아니다.

마더링 선데이 당일이었지만, 제인은 어머니로서 아들 둘을 모두 잃는다는 게 어떤 것인지 알지 못했다. 그런 어머니였다면 이런 날 어떤 기분일지 알지 못했다. 어머니에게 주려고 작은 꽃다발이나 과일 케이크를 들고 올 아들이 아무도 없지 않은가. 폴 셰링엄은 2주 뒤에 결혼할 것이다. 하나 남은 아들이다. 물론 니븐 가족도 결혼식에 참석할 것이다. 폴은 두 가족 모두에게 소중한 아들이었고 본인도 이 사실을 아주 잘 알고 있었다.

---

6) 험버(Humber): 영국산 자동차

니븐 씨와 부인은 차에 나란히 앉아 화사한 봄 햇볕을 쬐며 헨리로 가고 있을 것이다. 밀리는 누구보다도 먼저 비치우드 저택 정문을 삐걱 열고 나와서 10시 20분 차를 타러 티더튼 역으로 갔다. 고맙게도 업리 저택은 텅 비었다. 두 사람만 빼고 말이다. 셰링엄 부부, 그러니까 '가식쟁이들'도 헨리를 향해 떠난 데다가 업리 저택 요리사와 하녀, 즉 아이리스와 에셀은 다른 이도 아닌 폴 셰링엄이 티더튼 역까지 차로 데려다주었으니까.

폴은 제인의 옷을 벗기면서 그 사실을 알려 주었다. 햇살이 가득 쏟아지는 방에 제인이 벌거벗은 채로 서서 폴의 옷을 벗기고 그를 '열어주기' 시작하는 바람에 그랬는지도 모른다.

"아이리스랑 에셀을 역에 데려다줬어."

딱히 말할 필요가 없는 이야기였다. 그게 지금 둘이 하는 행위와 무슨 상관이 있단 말인가? 후에 제인은 그런 아침이라면 아이리스와 에셀은 기꺼이 걸어갔을 것이므로 폴이 그녀들을 데려다줘야 할 이유가 딱히 없었다고 생각했다. 업리 저택은 비치우드 저택보다 티더튼 역에서 더 가깝기도 했다.

전화가 많이 늦은 이유를 그런 식으로 해명하려는 것이

없는지 모르고, 집에 확실히 둘뿐이니 안심하라는 뜻이었는지도 모른다. 어쨌든 폴은 하녀들을 직접 데려다주었다.

폴은 평소와 달리 진심 어린 말투로 이야기했다. 제인이 알아주길 바라는 듯했다. 후에 제인은, 거만하기 그지없는 폴이 스스로 나서서 귀족의 지위를 잠시 내려놓았다고 생각했다. 특별하다 할 만큼 모든 게 전도된 날이었으니 말이다. 폴은 제인을 집으로 초대하고, 도착하자마자 순순히 문을 열어준 다음, 자기가 하인이라도 되는 듯 옷을 벗겨주었을 뿐 아니라, 제인과 같은 부류의 하녀들에게 그런 친절도 베풀었던 것이다.

"9시 40분 차에 맞춰서 부모님 차로 데려다줬어."

헨리 어딘가에 이미 주차돼 있을 차였다. 폴의 차는 마구간에 있었다. 뚜껑이 여닫히는 경주용 차로, 2인승이었다.

아마 폴은 해마다 둘을 역에 데려다주었을 것이다. 그게 셰링엄 가문의 전통이었다. 그런데 폴이 말했다.

"둘한테 제대로 작별 인사를 하고 싶었어."

제대로 작별 인사를 한다고? 둘은 오후 티타임 무렵에 돌아올 예정이었다. 영영 떠나는 게 아니었다.

제인에게 할 말을 그런 식으로 돌려 말한 것이었을까? 제대로 작별 인사를 한다니. 그때는 그리 깊이 생각하지 못했다. 폴이 자기 옷을 벗어서 제인의 옷과 함께 안락의자에 걸쳐놓자마자 두 사람은 바로 침대로 향하기 바쁘기도 했기 때문이다.

하지만 제인은 후에 생각해 볼 것이다. 줄곧 마음속으로 그려 볼지도 모른다. 폴이 기사처럼 차를 모는 동안, 두 여자는 두려움에 입을 꾹 다문 채 검정색 세단 뒷자리에 앉아 있었겠지. 역 앞에 도착해서는 폴이 문을 열어주었을 테고. 제인의 옷을 벗길 때처럼 우아하고 섬세하게 차 문을 열었을 것이다. 아이리스와 에셀은 폴이 각자에게 입이라도 맞춰 주리라 기대했을지도 모른다.

제인은 평생 이 날을 돌이켜 보곤 했다. 마더링 선데이가 퇴색되어, 존재 자체가 구시대 유물이자 관습이 되어 버린 지금에도 말이다. 폴이 둘을 내려줄 때쯤, 맑고 파란 하늘 너머로 9시 40분 출발 레딩[7]행 기차가 하얀 증기를 칙칙폭폭 내뿜는 모습이 보이기 시작했을 것이다. 승차장에서는 아이리스와 에셀 같은 사람 둘 셋이 비슷한 여행을 떠나기 위해 기다리고 있었을 것이다. 밀리는 10시 20분 차를 탈 예정이라 아직 오지 않았을 것이고.

모두 하녀였다. 그들의 어머니는 모두 집안의 가장 좋은 식기 세트를 꺼내둘 것이다. 모두 찾아갈 어머니가 있는 하녀였다.

---

7)　레딩(Reading): 영국 잉글랜드 남부 버크셔주에 있는 도시

제인은 업리 저택의 하녀를 알고 있었다. 이름은 에셀 블라이다. 불쌍하고 예쁜 여자였다. 제인은 에셀과 이야기를 나눈 적이 있었다. 티더튼에 있는 스위팅스라는 식료품점에서 처음 마주쳤다. 둘이 주고받은 말은 매우 적었다. 도저히 대화라고 할 수도, 수다라고는 더욱 할 수 없을 정도였다. 업리 저택 요리사는 밀리처럼 살집이 좀 있었지만, 에셀은 제인처럼 약간 날씬한 쪽이었다. 에셀이 조금 더 활발한 타입이었다면 제인은 그녀와 많은 이야기들을 나누었을 것이다. 식료품점 밖에 자전거를 세워둔 채 수다에 빠져서 서로 키득키득 웃어대기도 했을 것이다. 폴 셰링엄과 키득키득댈 때와 비슷하게 말이다.

그렇다고 해도 제인이 에셀에게 폴과의 관계를 알려주지는 않았을 것이다. 어쩌면 에셀이 이미 알고 있거나, 짐작했을 수는 있다. 혹은 에셀이 먼저 폴에게 걸려들었거나, 둘이 계속 비밀스러운 관계를 유지하고 있었을지도 모른다. 한 지붕 아래에 살고 있었으니 폴로서는 훨씬 수월했을 것이다.

그러니 에셀이 그렇게 활발한 타입이 아니고 착하기만 한 하녀라서 오히려 다행이었다. 에셀은 하녀라면 반드시 지켜야 하는 몇 가지 의무에 매우 충실했다. 하녀라면 눈은 꼭

감고, 귀는 틀어막으며, 입은 꽉 다물어야 했다.

에셀은 오늘, 셰링엄 부인 밑에서 복종할 때와 마찬가지로 온순하게 어머니 댁에 갔을 것이다. 에셀과 아이리스는 수다를 떨었을까? 분명 그랬을 것이다. 차에서는 입을 꽉 다물었다가, 기차를 탄 뒤에야 갑자기 떠들어대기 시작했을 것이다. 이게 다 무슨 일이야? 폴이 곧 결혼하게 되면 우리를 떠나게 될 것이니 이러시는 건가? 하면서 말이다.

아니면 세상으로 나서는 데에 익숙하지 않아서, 자신들에게도 인생이 있고 어머니도 있다는 사실에도 익숙하지 않아서 더 깊은 침묵 속으로 빠져들었을까? 일광욕을 즐기는 사람들이 점점이 박혀 있는 창밖 풍경을 명한 눈을 깜박거리며 바라만 봤을까? 폴 셰링엄이 경건하게 제인의 옷을 벗기는 이 시간에 말이다.

"가만히 있어, 제이."

폴은 제인의 옷을 천천히 벗기면서 묻지도 않은 질문에 대답하듯 말했다.

"난 벼락치기 공부를 하는 거야, 제이. 법학을. 지금 내가 하고있는 것은 벼락치기야."

두 사람 중 누구든 키득키득 웃을 수 있는 말이었지만 웃지 않았다. 폴이 어찌나 다급하게 설명하듯 말하던지, 마치 제인이 지금 무엇을 하는 거냐고 따져 묻기라도 한 것 같았다.

'벼락치기', 이 말은 타인에게 알려져서는 안 될 은밀한 암호문이 되었다. 말로는 다 표현할 수 없을 정도로 큰 의미를 갖는 말이었다. 옥스퍼드에서도 그런 말을 듣지 못했다. 옥스퍼드야말로 벼락치기 공부를 엄청나게 많이 하는 곳이었는데도 말이다.

하지만 폴에게 벼락치기는 헨리 원정에서 빠져나올 계략이자 집에서 제인을 은밀히 만날 계책이었다. 미래를 책임지겠다고 반듯하게 서약하는 셈이기도 했다. 폴과 엠마 홉데이는 결혼하면 런던에 살 터였다. 제인으로서는 우울하지만 받아들일 수밖에 없는 사실이었다. 폴은 결혼을 통해 새로얻게 되는 '전리품'과는 상관없이, 변호사가 되어 성실한 사람으로 착실하게 일하면서 생계를 꾸려나갈 예정일 것이다.

세상은 기막히게 잘도 변한다.

그러니 오늘마저도, 이렇게 눈부신 아침에도, 폴은 심한 벼락치기 공부일망정 계획을 실천하리라는 의지를 보여 주었다. 폴답지 않고, 성격과도 어울리지 않는 행동이지만, 딱히 반대할 만한 이유도 없었다. 어쩌면 결혼까지 2주밖에 남지 않아서 이렇게 서둘러 성실성을 발휘했는지도 모른다. 가족들은 아무것도 모른 채 유쾌한 시간을 보내고 있을 것이다.
　폴이 변호사가 되는 일에 티끌만큼도 관심이 없다는 것을 그가 알고 제인이 안다는 사실만 빼면 말이다. 엠마 홉데이 양은 알았을까?
　"우린 벼락치기를 하는 거야, 제이."
　누가 물어보기라도 한 것처럼 말했다.
　그러나 아직 대답을 듣지 못했고, 물어본 적도 없는 질문이 하나 남아 있다. 감히 물어볼 수가 없었다. 폴이 먼저 말해주면 좋았겠지만 제인이 굳이 먼저 물어보고 싶지는 않았다. 만약 소위 '벼락치기'를 하지 않을 거였다면, 홉데이 양과는 따로 무엇을 할 생각이었을까?

✦

　둘은 나란히 누워 아무 말도 하지 않고 있었다. 담배 연기가 위로 피어올랐다가 천장 아래에서 스러져가는 모습을 바라보았다. 잠시 담배를 같이 피우는 것만으로도 충만한 듯한 시간이었다. 제인은 기차가 내뿜는 하얀 증기를 떠올렸다. 담배는 작은 굴뚝 한 쌍같이 두 사람의 입술에 수직으로 나란히 물려 있었다.
　바깥에서는 새가 지저귀는 소리가 들려왔다. 텅 빈 집에는 묘하게 숨 막히는 정적만 흘렀다. 몸 위로 희미한 바람이 스치자 두 사람이 완전히 알몸이라는 사실이 다시금 느껴졌다. 천장을 응시하고 누운 채로 제인은 하얀 접시에 올려진 생선을 떠올렸다. 식기대 위의 분홍색 연어 두 마리가 결혼식에 올 손님을, 그러나 결국 오지 못할 손님을 기다리는 것처럼 말이다….

제인은 이 시간이 영원히 지속되길 바랐고, 이 시간에 방해가 된다면 그 어떤 것도 말하고 싶지도, 묻고 싶지도 않았다.

제인은 이런 게 '안식'이라고 생각했는데, '안식'이라는 말은 평범한 하녀가 알 만한 말은 아니었다. 그 무렵, 제인은 보통의 하녀가 모를 법한 말을 많이 알았다. '어휘'라는 말도 알았다. 제인은 둥지를 짓는 새처럼 어휘를 꾸준히 수집했다. 폴의 침대에 쭉 뻗고 누워있는 지금, 제인이 하녀가 맞긴 할까? 과연 폴을 '주인'이라고 할 수 있을까? 알몸으로 있는 관계는 그렇게 마법처럼 완벽했다.

평화로웠다. 안식 이상의 평화로움이었다.

제인은 다른 쪽 손으로는 담배를 든 채, 한쪽 손으로 폴의 축축한 음경을 보지도 않고 쓸어내렸다. 음경은 자고 있던 어린 새처럼 움찔했다. 제인은 마치 평생 그렇게 해 온 것처럼, 한가로운 공작부인이 강아지를 살살 어루듯이 부드럽게 만졌다. 몇 분 전만 해도 손을 뒤로 빼 침대 틀에 있는 황

동 기둥을 잡고, 다른 쪽 손은 쫙 편 채 폴의 허리 아래 작은 부분을 손가락으로 콕 찔렀다. 음경과 척추가 연결되는 곳인 듯했다. 제인이 폴에게 명령하고 있는 것이다. 어떻게 명령해야 더 강력한 힘이 실릴 수 있을까? 폴도 제인에게 명령했었다. 현관으로.

두 사람은 최절정에 도달하기 위한 알몸의 몸부림을 이제 막 끝냈다.

평화. 사실 매일, 어떤 날이든, 진부할 만큼 평화로웠다. 오늘은 그 어떤 날보다도 더 평화로웠다. 이런 날은 없었다. 앞으로도 오지 않을, 올 수 없을 날이었다.

※※※

제인의 담배가 타들어 갔다. 제인은 재떨이를 둘 사이에 길쭉하게 놓인 시트로 옮겼다. 배에 올려진 재떨이를 보며, 제인은 자기 배는 탁자가 아니라고 말하고 싶었을 것이다. 폴이 자기 배 위의 재떨이에 담배를 비벼 끄지 않길 바랐다. 하지만 실은 그렇게 하는 걸 좋아하기도 했다. 제인은 배에 놓여 있던 그 서늘한 재떨이를 어떻게 기억할까. 제인은 너무 까다롭거나 건방지게 굴지 않으려, 아예 아무것도 하지 않으려 노력했다.

폴은 입에서 담배를 빼더니 자기 배 가까이에 똑바로 들고 있었다.

"한 시 삼십 분에 엠마를 만나야 해. 볼링포드에 있는 스완 호텔에서."

폴은 이 말을 툭 던질 뿐 다른 움직임을 하지 않았지만, 제인에게는 마법이 스르르 풀려버리는 느낌이 들었다. 틀림없이 예상한 일이었다. 하지만 이렇게 마법 같은 시간을 보내다 보니 '틀림없는' 일이 일어나지 않을지도 모른다고 생각했던 것 같다. 남은 하루는 어떻게 보내야 하지? 이 시간이 영원할 수는 없다. 삶의 일부가 전부가 될 수는 없는 법이다.

제인은 꼼짝도 하지 않았지만, 마음에는 큰 변화가 일어나기 시작했다. 조심스럽게 하녀복으로 갈아입고 바로 다시 하녀로 돌아가기라도 할 것처럼 말이다.

폴 역시 꼼짝도 하지 않았다. 자기가 방금 한 말을 번복하겠다는 의미로 침묵을 지키는 것처럼 느껴졌다. 폴이 엠마와의 약속을 꼭 지켜야 할 이유는 없지 않은가? 죽도록 하기 싫은 일을 꼭 해야 할 이유는 없을 테니까 말이다. 그저 이곳에 이렇게 누워서 약속을 무시해 버릴 수도 있는 일이다.

폴은 담배를 거의 다 태웠다.

폴은 계속 움직이지 않았다.

제인도 꼼짝하지 않아서, 마치 폴이 아무 말도 하지 않은 듯한 느낌이었다. 소리를 내거나 말을 하는 것은 물론이고, 제인 쪽에서 조금이라도 움직인다면, 폴이 한 말에 대해 반응해야 함을 인정하는 것처럼 보일 수 있었다.

제인이 수녀 같은 하녀복을 다시 입고 하녀로 돌아가게 되면, 기다리는 일 외에 말하거나 의견을 내는 일 따위는 분수에 맞지 않았다. 니븐 가족 밑에서 몇 년간 교육받은 덕분에 제인은 하녀가 금기해야 하는 것들에 익숙해졌다. 그들은 기분파였다. 잘해줄 때도 있었지만 이내 곧 땍땍거리며 소리라도 지를 땐, 제인으로선 무척 당황스러웠다. 그저 묵묵히 받아들여야지 속을 부글부글 끓여봤자 소용없는 일이었다. 네 주인어른, 네 부인, 하면서 속마음을 숨겨야 했다. 그러기 위해서는 늘 마음의 준비를 해 두어야 했다.

그러다가 일이 완전히 다른 방향으로 흘러갔다. 모든 것이 전도된 날에 말이다.

제인은 폴의 방에 마치 그의 아내인 듯 누워있었다. 폴은 뻔뻔스럽게도 자기 아내에게 성가신 애인을 만나러 가야 할지를 의논하고 있는 셈이다. 커플 중 몇몇은 정말로 이런 의논을 할지도 모른다. 폴은 아직 제인과 엠마 중 어느 누구와도 결혼을 하지 않았다. 이를테면 제인과 엠마 홉데이는 동등한 입장인 것이다.

분명 시간에 맞춰 가야 하는데도 폴이 아무 말도 하지 않자, 마치 약속을 취소하려는 듯 보였다. 폴은 친절하게 구는 것을 질색했다. 양다리를 걸치는 사람이었다. 폴이 솔직하지 않았던 것은 아니다. 그저 순응하지 않았을 뿐이다. 폴은 그런 스타일이었다. 제멋대로 굴긴 해도, 거짓말은 하지 않았다.

폴은 훌륭하게도 에셀과 아이리스를 역에 데려다주었다. 제인은 참을성 많은 아내처럼 '이젠 나가야 하지 않아?'라고 말하고 싶지는 않았다. 폴은 그렇게 말해 주길 바랐을까?

폴의 긴 침묵이 제인을 꼼짝 못 하게 했다. "제이, 그래도 우리가 종일 같이 있어도 되지 않을까?"라고 말하면 좋을 순간도 있었으나, 그런 찰나는 허무하게 지나가 버렸다. 폴은 재떨이가 있던 곳에 손을 갖다 댔다. 아니, 더 아래였던가?

폴은 분명 홉데이 양을 만나서 같이 점심을 먹고, 늦게라도 어떻게든 홉데이 양과 함께할 것이다. 그들이 몸을 나누는 사이라면 폴은 홉데이 양을 여기로 데려와서 정사를 벌일 것이다. 바로 이 방으로 말이다. 제인은 '가식쟁이들'이 언제 돌아올 예정인지 물어보지 않았다. 만일의 사태는 폴의 몫이다. 가식쟁이들은 아직 점심상에 앉지도 못했을 테지만.

폴이 유발한 무거운 공기가 방 안을 빙빙 맴돌고 있고, 옷은 아직도 안락의자 위에 널브러져 있다. 둘만의 시간이 빠르게 지나가고 있다. 폴에게는 시간이 그리 많지 않다.

순간? 이것은 너무 허무한 말이다. 시간? 하루? 선물?

이런 것들은 마치 정오가 정점을 지나 저물어 가는 것처럼 속절없이 흘러가 버리고 있었다. 폴이 일어나서 담배를 가지러 가며 화장대 위에 있는 은색 회중시계를 보았다.

불변의 가능성이 있다. 그 사건이 일어나지 않았을 가능성. 그랬더라면 제인은 감사할 것이다. 영원토록 감사할 것이다.

"작별 인사를 제대로 하고 싶었어."

그랬다면 제인은 자전거를 타고 버크셔를 돌았을 것이다.

그랬다면 폴은 '엠마'를 이곳으로 데려왔을 것이다. 홉데이 저택으로 전화도 했을 것이다. '엠마' 역시 전화기에 대고, 다 알고 있지만 시치미를 떼면서 대답했을 것이다. 그런 뒤 엠마는 여기에 나타나 자기 차로 자갈을 자박자박 밟았을 것이다. 엠마모빌로 말이다. 엠마는 지금 여기에 폴과 있었을 것이다.

이런 상상은 제인으로서는 힘겨운 일이었다. 엠마가 꽃무늬 원피스와 실크 속옷을 입고 의자에 앉아있는 모습 말이다. 사실 여기에 누워야 할 사람은 엠마였으니, 폴이 나중에 다른 누군가와 여기에 눕는다고 해도 제인으로서는 감사해야 하는 것 아니겠는가? 하루에 두 명과 정사를 벌이는 것이 가능했을지 모르지만 말이다. 제인으로서는 힘겨운 상상이었다.

제인의 마음 깊은 곳에는 생각이 뒤죽박죽 섞여 있었다. 폴의 아내가 될 사람은 어떤 면에서는 '정략' 결혼을 하는 것이다. 그런 약속에는 아내가 완벽하게 정결하며 순결해야 한다는 내용이 포함돼 있을지도 모른다. 마치 폴이 꽃병과 결혼하기라도 하는 것처럼. 곧 결혼할 폴에게 열정이 없는 데에는 다른 이유가 있을 것 같지 않았다. 폴이 지금 여기에 제인과 누워있다는 분명한 사실 말고는 말이다.

~~~

얼마 동안 정적이 흐른 뒤, 갑자기 폴이 관성에 저항하듯 팔다리를 격하게 들어 올리며 일어났다. 파도에 출렁대듯 매트리스가 마구 흔들렸다. 폴은 미끄러지는 재떨이를 집어 들더니 꽁초를 난폭하게 짓이겼다.

제인이 격렬하게 출렁이는 침대에서 균형을 잡으려고 한쪽 무릎을 들자, 다리 사이에서 체액이 조금씩 흐르는 느낌이 들었다. 폴의 씨가 제인의 체액과 섞여 흘러내리고 있었다. '씨' 말고 다른 단어도 알고 있지만, 제인은 씨라는 단어가 마음에 들었다. 폴이 이렇게 박차고 일어나는 것이 제인에게는 마치 갑작스러운 반격처럼 느껴졌다. 언제든지 일어났을 일인데도 하필 슬픔이 몰려오는 상황이라 그랬을 것이다. 음, 나중에 엠마와 함께 할 계획이라면, 지금 여기에 계속 머물기는 어려울 것이다.

이런 식으로 영역을 표시하듯 하는 성교는 동물이나 하는 짓이다. 결혼 서약을 하고 하인의 시중을 받으며 절차를 밟아 행동하는 귀족의 지위를 가진 사람이 할 법한 행동은 아니다.

결정을 내리며 일어서는 폴에게 제인은 '제발, 가지 말아요. 제발, 날 두고 가지 말아요'라고 말하지 않을 생각이다. 제인에게는 그런 드라마가 연출되는 상류 사회에 들어갈 자격이 없다. 제인은 폴의 아내도 아니었고, 아무것도 아닌 사람이었다. 제인은 그런 조용하면서도 단호한 언어를 사용할 수 없었다. 그냥 눈을 흘기는 정도로 멈춰야 했다. 어쨌든 제인의 다리 사이로 액체가 가느다랗게 흐르고 있었다.

폴은 방을 가로질렀다. 시간을 계산하러 갔는지도 모른다. 제인은 벌거벗은 폴을 다시금 바라보았다. 그는 옷을 입지 않으면 평소와 다르게 걸었다. 마치 동물처럼 걸었다.

폴은 화장대 앞에서 돌아서서 제인을 바라보았다. 시계를 손에 들고 있었다. 제인은 감히 움직이지 못했다. 다리만 들어 올렸을 뿐이다. 분명 유혹하는 몸짓으로 알몸을 드러내면서 폴로 하여금 다시 생각해 보게 하려는 것이었다. 폴은 눈여겨보았다. 폴이 자신의 몸을 보이는 것에 부끄러움을 느끼지 않는 것처럼, 제인을 바라보는 본인의 시선 역시 부끄러워하지 않았다. 폴의 음경은 좀 더 커졌지만, 여전히 축 처져 있었다. 폴은 보지도 않고 시계를 능숙하게 팔에 감으면서 제인을 바라보았다.

"15분도 안 걸려. 밟으면 시간을 맞출 수 있거든. 중간에서 만날 거야. 스완 호텔에서. 엠마가 거기에 아는 사람이 있대. 거기서 만나자고 하더라."

마치 비치우드 저택의 하녀인 제인이, 볼링포드에 있는 스완 호텔을 알고, 거기까지 차로 가는 데 얼마나 걸리는지 알기라도 한다는 듯이 말했다. 젊은 애들이 자기들끼리 점심을 먹는다는 사실을 헨리 모임에 간 가족들이 눈치챘을지 모르지만, 그렇다고 잔소리를 할 수는 없었을 것이다. 기특하게도 폴이 아침부터 법 공부를 하고 난 다음의 일이니까.

폴이 천천히 외출복으로 갈아입기 시작했다. 급하지 않은 듯했다. 폴은 제인을 위아래로 훑어보았다. 물론 다리 사이에 있는 자그마한 부분도 분명히 보았으리라.

제인은 폴이 정말로 급할 때도 안달하거나 불안해하는 모습을 본 적이 없었다. 벌거벗은 채 흥분을 주체하지 못하던 그 순간만 빼면 말이다. 그 절정의 순간이 문득 아주 오래전의 일처럼 느껴졌다.

제인은 가끔 "천천히 해요"라고 말하곤 했다.
경험이 풍부한 듯, "천천히 하는 게 더 좋아요"라고 말하기까지 했다.

　그래, 둘은 푹 빠져들었다. 제인은 폴이 가장 잘 아는 사람은 자신뿐이라고 굳게 믿었다. 제인 역시 마찬가지였다. 지금 제인을 보는 폴의 눈빛에서 알 수 있다. 폴을 마주 보는 제인의 눈빛도 그랬다.

　둘이 눈을 마주하는 순간, 제인은 그렁그렁 고이는 눈물을 참기가 힘들었다. 그때 눈물이 고였다면, 눈물을 흘렸다면, 일을 그르쳤으리라는 점도 알고 있었다. 제인은 어쩌면 폴이 마지막으로 건네는 선물을 용감하고도 너그럽게, 그리고 무정하게 받아들여야 했다.

　폴은 제인이 그곳에 그렇게 누워있던 모습을 영영 잊게 될까? 폴은 서두르지 않았다. 창가의 햇살이 폴을 비추었다. 두 줄기 빛이 폴의 몸에 비쳤다. 폴이 시계 차는 일을 다 마쳤다. 곧 차를 사정없이 빨리 몰아야 할 터였다.

　제인은 폴이 어쩌다 그렇게 태평한 사람이 되었는지 알지 못했다. 후에 제인은 기억을 떠올리면서 그 당시 그렇게 태평한 폴에게 겁을 먹은 적도 많다고 생각했다. 폴 같은 사람은 원래 그런가? 폴은 천성이 태평했다. 특별히 뭘 해서 태평해진 건 아니겠지만 과하게 태평하다는 것은 분명하다. 그러나 변호사가 되려면 태평함을 버려야 한다. 제인은 이런 생각들을 하면서 죄수복처럼 칙칙한 정장을 입은 폴의 모습을 상상했다.

제인의 생각은 터무니없는 방향으로 뻗어가기도 했다. 엠마가 폴을 데리러 왔다고 상상해 보자. 1924년, 현대 사회다. 엠마가 자기 차를 끌고 여기로 와서 폴을 데려가려 했다고 상상해 보자. '벼락치기'를 하다가 화들짝 놀라는 폴을 끌고 나가는 것이다. 이렇게 눈부신 날에. 바퀴로 자갈을 자박자박 밟으면서. 활짝 열린 창문을 보고는 폴의 침실이라는 걸 눈치채고 꽃 같은 목소리로 외치리라. 말을 살살 어루만지는 듯한 목소리로 말이다.

"폴! 데리러 왔는데, 어디 있어?"

그다음에는 어떻게 될까? 제인은 폴이 어떻게든 다 알아서 처리했을 것이라고 믿어 의심치 않았다. 인장 반지만 낀 채 창가에 서 있었을지라도 말이다.

"엠마, 마이 허니! 깜짝 놀랐잖아! 잠시만, 셔츠 좀 입고 올게!"

이런 상황에서 셰링엄 저택에 있는 니븐 가의 하녀인 제인은 어떻게 해야 하는 것일까?

화장대에는 폴의 삶을 엿볼 수 있는 장신구가 잔뜩 있었다. 세심하게, 혹은 일부러 꺼내 놓은 보물들이었다. 솔과 빗. 상자에 든 커프스와 금속 단추. 은테 액자 속 사진. 주로 은제품이 많았다. 에셀이 반짝반짝 광을 내 두었다. 하녀라면 끊임없이 먼지를 털어야 한다. 장식품에 광을 내는 건 말할 필요도 없었다. 어떤 것도 제자리를 벗어나서는 안 된다. 그래도 여자 화장대보다는 훨씬 편했겠지만 말이다.

그렇게 개인의 신분이 드러나는 휘장 같은 물건을 가까이하며 자라면, 삶에 대해 자신하기가 쉬울 것이다. 옷방의 옷들이야 말할 필요도 없을 것이고. 제인은 분주히 돌아다니다가 옷방을 힐끗 보았다. 걸려 있는 폴 취향의 옷들이 보였다. 집 여기저기에 흩어져 있는 소지품들도 보았다.

제인의 모든 옷은 간소한 상자 하나에 다 들어갔다. 서둘러 떠나야 한다면, 언제든지 그럴 수 있도록.

인장 반지. 회중시계. 커프스단추…. 이렇게 작고 자질구레한 남자용 장신구를 보면, 폴이 어떤 사람인지 알 수 있을 듯했다. 폴은 옷을 다 입고 출발하기 전에 이니셜이 새겨진 담뱃갑과 라이터를 챙겼다. 솔빗으로 머리를 빗은 후 거북이 등껍질 빗으로 마무리했다. 두 형제도 분명 그런 물건들을 모았을 것이다. 대부분은 자기 스스로를 위로하고 사기도 진작시켜 보려는 의도에서 샀을 것이다. 다시는 돌아오지 못할 프랑스로 건너갔던 때에 말이다. 상아 손잡이가 달린 면도솔 같은 물건이 그 예다. 두 형제는 이제 화장대 위에 있는 은테 액자 속에 있다. 제인은 둘을 본 적이 없지만 방에 들어오자마자 형제들을 알아보았다. 둘 다 장교 모자를 썼다. 분명 딕과 프레디임을 알 수 있었다.

폴이 옷을 벗기는 동안 제인의 시선은 딕과 프레디에게 머물렀다.

❦

폴은 소리 없이 방에서 나가더니 화장실로 갔다. 여전히 인장 반지만 낀 채였다. 화장실에 오래 있지는 않았다. 남자라면 누구나 그렇듯 몸을 간단히 헹구기만 하면 될 일이다. 폴이 씻어낸 건, 모두 제인이 남긴 흔적이라고 후에 제인은 생각했다.

제인은 방이 자신을 궁지에 몰아넣는 것 같다는 느낌이 들었다. 가구가 되라고 강요하는 것 같기도 했다. 제인은 움직이지 않았다. 죽은 듯이 누워있었지만, 피부가 따끔따끔하게 느껴질 정도로 감각은 곤두서 있었다. 폴은 움직여도 된다는 신호를 보내지 않았다. 이제 폴이 일어났으니, 제인도 같이 일어나도 되었을 것이다. 오히려 일어났어야 했는지도 모른다. 방으로 돌아올 때까지 제인이 침대에 붙은 듯 누워있는데도 폴은 이상하게 여기지 않았다. 제인이 그러고 있길 바라기라도 한 듯이 말이다.

폴에게서는 향기가 났다. 향기보다 더 달콤한 그의 땀 냄새가 사라졌지만, 제인이 좋아할 법한 향이었다. 한참 뒤에야 제인은 폴이 향수를 뿌린 것을 알게 될 것이다. 폴은 아직도 알몸이고, 조금도 서두르지 않았다. 옷방 안에서 옷을 입어도 되었으련만 폴은 굳이 흰색 셔츠와 연회색 조끼, 넥타이를 챙겨 들고 나왔다. 그 외는 의자에 던져둔 것들을 입으려는 듯했다. 어쩌면 폴에게는 창가 화장대의 각진 거울 앞에서 햇빛을 받으며 옷을 입는 습관이 있었는지도 모른다. 폴에게 옷방은 그저 옷을 보관하는 장소일 뿐이었던 것이다.

나갈 시간이 됐는데도 폴은 제인에게서 떨어지고 싶지 않은 듯했다. 어떤 면에서는 모두 제인을 위한 행동이었다. 자기가 옷을 입는 모습을 보여 주고, 알몸이 점점 사라지는 모습을 보여 준 것이었다. 아니면 아무런 생각이 없었는지도 모른다. 폴은 늘 태평하고, 무심하고, 이해할 수 없을 정도로 느긋했으니까. 제인도 나가야 했을까? 폴이 아무 말도 하지 않아서, 제인은 남아 있었다. 폴이 옷을 입는 중에도 제인을 구석구석 다시금 훑어보는 사이, 제인은 정말 명령이라도 받은 듯 자리를 지켰다.

폴은 제인의 다리 사이에 흘러내리는 액체를 분명 보았으리라. 하지만 그것을 알아차리지 못한 척하는 매너를 훌륭하게 이행했다. 액체는 흡사 바닥에 모아 둔 옷가지 같았다. 폴에게 되돌아가려면 깨끗이 세탁되고, 다림질되어 옷방에 걸려 있어야 할 것이다. 청소하면서 옷가지 따위를 치우는 사람이 조심스레 하는 일이었다. 제인도 평소에는 그런 일을 하는 사람이다. 일명 마법 부대의 일원이다. 마법 부대 덕분에 옷을 그렇게 내버려 둘 수 있는 것이다. 만약 폴이 나가기 전에 제인에게 지저분한 것들을 치우라고 했다면, 제인은 기분이 상해서 자기는 당신의 하인이 아니라고 반박하는 사태가 벌어졌을 것이다.

그러나 자신을 향하는 폴의 눈길에서 제인은 그가 이런 얼룩들이 문제 될 거라는 생각을 전혀 하지 않는다는 것을 알아차렸다. 폴은 다른 쪽으로도 무심한 면이 있어서, 시트에 묻은 얼룩 같은 시답잖은 문제에는 관심이 없었다. 제인이 폴의 침대에서 나오면 되는 것처럼 얼룩이야 지우면 되지 않는가? 제인은 얼룩이 아니다. 그렇다, 폴은 제인이 그곳에 있길 바랐다. 다른 삶이었다면, 더 일반적이고 밝은 이야기였다면, 제인이 벌써 종종거리며 아래층에 내려가 옷가지를 매만지고 있을 법한 상황에서 말이다. 폴은 떠나기 전, 침대에 누워 있는 제인을 보고 싶었을 것이다. 그 모습을 자기 머릿속에 새길 수 있도록 알몸인 채로 꿈쩍도 하지 않고 자기 침실을 차지하게 하고 싶었던 것이다. 꽃 같은 약혼녀를 만나러 가는 와중에도 말이다.

제인은 그곳에 누워서 깔끔하고 담백하게 행동했다. 폴은 분명히 가야만 하니까 가지 말라고 아무리 애원해도 아무 소용 없다는 사실을 잘 알고 있었다. 폴은 옷을 입으면서, 자신의 삶을 제자리로 되돌려 놓는 모습을 제인이 지켜보길 바란 것이다. 제인이 알몸을 뽐내고 있는 순간에도 말이다.

폴은 왜 그리도 늑장을 부렸을까?

방에는 눈부신 빛과 때 이른 따뜻한 기운이 한껏 감돌았다. 폴의 손목시계에 있는 분침은 분명 1시를 향해 가고 있었거나 이미 1시를 넘겼을지도 모른다. 비치우드 저택 정원, 제인이 원래 무릎에 책을 올려놓고 있으려 했던 곳에서는 해시계의 검은색 선이 슬금슬금 지나가고 있을 것이다. 제인은 화장대 위에 있는 자그마한 시계를 똑바로 바라볼 수가 없었다. 두 형제가 양쪽에서 지켜보고 있는 듯했기 때문이다.

이런 날이 또 있을까? 이런 날이 다시 올 수 있을까?

제인은 얼룩과 분비물들을 처리하는 일이 에셀의 몫이리라는 사실을 상기하며 상상해 보았다. 에셀은 지금 값비싼 로스트비프 냄새가 진동하는 집에 앉아 있을 것이다. 이렇게 따뜻한 날에는 차가운 햄도 상에 올랐을 것이다. 에셀은 어머니가 앉아 있으라고 신신당부한 자리에 앉아 손가락 하나 까딱하지 않을 테고, 오늘은 휴가가 아닌가? 오늘은 모든 게 평소와 다른, 특별한 날이다. 에셀의 아버지가 멀쩡히 살아 있었거나, 혹은 온전한 모습이 약간이라도 남아 있었다면 이런 말도 했으리라. '에셀, 아버지랑 얘기 좀 해.' 이렇게 모두 모여 마더링 선데이를 기념하는 동안, 에셀의 어머니는 부엌에서 분주히 일할 것이다. 에셀의 부모는 이날 이후 빵과 고깃기름만 먹으면서 일주일을 버티게 될 것이다.

에셀은 돌아와서 일을 시작할 때, 폴 씨의 침실에 있는 시트를 갈아야 할 것이다. 그런 얼룩을 알아보는 한은 그럴 것이다. 얼룩을 알아보는 동시에 전혀 없던 것처럼 얼른 치우는 게 바로 에셀이 할 일이었으니까.

불과 몇 시간 전만 해도 귀족처럼 앉아서 로스트비프를 즐기던 에셀마저도 이것이 무슨 얼룩인지 알 것이다. 에셀 같은 하녀들은 침실에서 그런 얼룩을 맞닥뜨릴 일이 퍽 많았다. 너무 자주 맞닥뜨리는 바람에, 가끔은 아래층 하녀들 은어로 '단골'이라고 할 정도였다. '영국 지도'처럼 다양하고 창의력 넘치는 표현도 지어냈다. 얼룩에 굳이 전문성 있는 호칭을 붙여야 한다면, '몽정'이라는 공식 명칭을 쓸 수도 있었으리라. 하지만 몽정이 모든 상황을 꼭 아우른다고 할 수는 없었다. 새로 들어온 열여섯 살짜리 하녀가 알아듣기에 어려운 말일지도 모른다. 어린 남자도 몽정을 했다. 이럴 경우 조심스러우면서도 재빠르게 치워 줘야 했다.

모두 제인이 비치우드 저택에 오기 전에 주워 모은 내용이었다. 그때 제인은 '연수' 차원에서 하인이 많이 필요한 어느 저택에 잠깐 파견되었다. 그 집에는 하녀가 총 다섯 명 있었다. 그 하녀들이 모여서 한 얘기들이란 어땠겠는가.

혼자 하는 사정이 아닌 것도 많았다. 엄밀히 말하면 사정이 아닌 것도 있었다. 꼭 밤에 한 것도 아니었다. 하녀들 대부분은 그것들이 각각 어떻게 다른지 추론할 수 있었다. 정확히 어떻게 '사정'했는지 결론을 내리기까지 했다. 하지만 이런 것들을 이야기하거나 아는 척해서는 안 되었다. 하녀 일이 재미있는 이유가 바로 여기에 있었는데도 말이다. 모든 얼룩은 싹 치워야 했다. 24명의 손님이 저택에 모여서 벌이는 한여름의 파티를 상상해 보라, 맙소사!

이런 생각을 해본 적 없는 것처럼 열심히 꾸며대겠지만, 에셀도 아마 상상과 추측을 했을 것이다. 에셀은 폴 씨가 자기 침실에서 약혼녀 홉데이 양을 즐겁게 해 줄 기회를 놓치지 않았으리라는 결론을 내릴 것이다. 특별히 다른 이유가 없다면, 둘이 여기서 일을 벌인 흔적일 것이라고 생각할 것이다. 둘이 결혼식까지 기다렸을 거라는 예측을 차치하면 말이다. 2주 뒤면 그런 장난꾸러기 같은 행동을 할 이유가 없을 것이다. 그걸 보면 홉데이 양이 어떤 여자인지가 드러난다는 사실 또한 차치하고 말이다.

소곤소곤 전해들은 이야기들을 조금만 깊이 생각해보면 적어도 홉데이 양이 어떤 여자인지는 알 수 있었을지도 모른다. 폴 씨가 순결을 빼앗을 목적으로 홉데이 양을 업리 저택에 부른 건 아니었을 것이다. 에셀은 즉시 시트를 걷어 빨래 바구니에 넣을 것이다. 에셀이 착한 요정처럼 모두 없애 줄 것이라고 폴도 기대할 것이다. 사실 폴이 자신이 만든 얼룩을 신경 쓰는 경우는 거의 없었다.

결국 그 사건이 터져버려서 시트의 얼룩에 대해 언급할 경황이 없게 되었지만 어쨌든 에셀은 시트를 갈았을 것이다.

※※※

제인은 남자가 옷 입는 모습을 본 적이 없었다. 남자 옷을 세세하게 다루는 일을 하고 있고, 하녀 초반 시절 여름 저택에서 일하는 동안, 남자 한 명에게 깜짝 놀랄 만큼 다양한 옷이 있는 데다 퍽 복잡하다는 사실을 잘 알게 되었지만 말이다. 마구간, 온실, 오두막, 관목, 수풀 등 낯설고 다양한 장소에서 폴이 벗어놓은 옷이 몸에 닿거나 걸리적거린 적이 많았는데도 말이다.

폴은 셔츠부터 입었다. 옷방에서 꺼내 온 새하얀 셔츠였다. 폴은 옷을 입을 때, 더 정확히 말해 옷에 몸을 집어넣을 때, 셔츠를 머리 위로 번쩍 들어 올렸다. 꼭 여자가 옷을 입는 모습 같았다. 제인은 폴이 셔츠부터 입으리라고는 미처 생각하지 못했다. 신사답게 옷을 입는 모습에는 개인의 취향과 미리 정해 둔 순서가 모두 섞여 있었다. 어쨌든 '옛날'에는 남자 하인이 옷을 '입혀' 주었을지도 모른다. 제인이 아직도 니븐 부인에게 옷을 '입혀' 주고, '벗겨' 주는 것처럼.
 어쨌든 폴 같은 사람에게는 옷을 입는다는 것이 한낱 옷을 걸치는 일에 그치지는 않는다. 격식에 맞도록 잘 갖춰 입어야 했다. 하지만 그땐 최대한 빠르게 후다닥 걸쳐 입을 수밖에 없는 상황이었다. 다른 이야기의 다른 남자라면, 미친 듯이 옷을 잡아당겨 입으면서, '빌어먹을, 제이. 무조건 빨리 가야 해!'라고 할 법한 상황이었다.
 제인은 깜짝 놀랐다. 셔츠부터 입는 것은 바로 품위를 잃는 것을 의미했기 때문이다. 서두르지 않는 것이야말로 폴이 계속 간직하고 싶은 성격인 듯했다. 후에 제인은 그게 폴 셰링엄이 늘 훌륭하게 쓰던 속임수라고 생각하게 되었다. 폴은 제인 앞에서 품위를 여러 번 잃었다가 되찾았다. 하지만 어떤 남자든 간에 셔츠만 입고 있으면, 웃길 수밖에 없다. 제인도 당연히 키득키득 웃을 뻔했다.
 제인은 두 가지 중에 하나를 선택하면 된다고 생각했다. 바지에 셔츠를 밀어 넣거나, 바지가 셔츠를 받아들이거나. 제각각 장점이 있을 것이다. 폴은 약 오른 약혼녀를 마주해야 하는 남자라기보다는 익살맞은 광대처럼 보였고, 침대로 갈 준비를 마친 다 커 버린 소년처럼 보이기도 했다.
 잠옷을 입은 남자아이 시절. 제인은 폴에게도 한때는 그런 시절이 있었으리라고 생각했다. 언젠가 폴이 베키 유모 얘기를 해 주었다. 폴이 좀처럼 열지 않았던, 과거로 향하는 문을 열었던 때였다. 유모는 폴이 학교에 가게 되었을 때 떠났다. 한때는 폴과 삼 형제 모두에게 옷을 입혀 주고 벗겨주는 유모가 있었던 것이다.

유모가 엄마를 대신했다니, 얼마나 신기한가. 유모는 새벽 5시에 자녀를 부모 앞에 데려갔다. 케이크를 내주는 요리사처럼 말이다. 베키 유모는 지금 어디에 있을까? 아마 다른 집에 있을 것이다. 그녀도 자기 어머니 집에 있을지 모른다.

***

제인은 폴의 셔츠를 보고 키득키득 웃어대지 않았다. 침대라는 유리한 위치에 있었으니 키득키득 웃어대기에 제격이었지만 말이다. 다른 세상, 다른 삶이었다면 이런 일은 늘 벌어지는 반복적인 일상일지도 모른다. 런던의 어느 방에서 편히 쉬고 있는 아내가 되어 우스꽝스러운 변호사 남편이 옷을 입는 모습을 지켜보는 세상 말이다.

두 사람은 얼마간 말문을 열지 않았다. 조금 전만 해도 동물처럼 헐떡거리며 신음 소리를 내었는데 말이다. 함께 있는 동안 두 사람 사이의 계급 격차가 좀 줄어드는 듯했다. 제인이 나중에야 알게 될 법한 표현을 빌리자면, 이는 '몸짓 언어'라는 말로만 설명할 수 있다. 제인은 몸으로만 말했을지도 모른다. 제인은 무엇이든지 어리석은 말로 표현하면서 꾸며내거나 속이고 싶지 않았다. 이 또한 나중에 직업과 관련된 난제로 남게 될 것이다.

두 사람이 지금 하려는 말이 무엇이든 간에, 분명 감당이 안 될 만큼 진부할 듯했다. 폴이 진부하게도 팬티와 양말 바람으로 있었던 순간에도 말이다.

폴은 화려한 옷을 입고 있었다. 새하얀 정장 셔츠였다. 그저 깔끔하고 부드러운 칼라가 달려 있기만 한 셔츠는 아니었다. 일요일에 차 뚜껑을 열고 달릴 때 입을 법한 셔츠였다. 한물간 표현이긴 했지만, 바로 폴의 '나들이옷'이었다. 제인은 폴이 햇빛을 받아 반짝반짝 빛나는 은색 타원 커프스와 옅게 풀을 먹인 세미스티프 칼라를 느긋하게 다루는 모습을 지켜보았다. 폴은 넥타이를 가져왔다. 반들반들 윤이 나는 회청색에, 작고 하얀 도트가 박혀 있었다. 넥타이핀도 골랐다. 자그마하게 박힌 알은 진짜 다이아몬드였을까? 폴은 이미 턱을 매끈하게 면도하고는 향수도 뿌렸다.

결혼식을 위해 옷을 입는 느낌이었다. 하지만 결혼식 날이 아니다. 아직은 아니다. 아내가 될 사람과 점심을 먹으러 템스강변에 갈 뿐이다. 많이 늦을 것이 거의 확실해진 듯한데, 그렇게 멋들어지게 차려입는다 한들 무슨 소용이 있을까?

폴은 바지는 여전히 입지 않은 상태로 한껏 신경 써서 넥타이를 꼼꼼하게 매듭지은 다음, 아래쪽을 핀으로 고정했다. 제인은 웃지 않았고, 웃을 수도 없었다. 하지만 후에는 이렇게 우스꽝스러운 연극에 모든 일이 암시되어 있었다고 생각하게 될 것이다. 그가 바지를 입으면, 길고 길었던 옷 입기 의식을 마치면, 모든 것을 잃게 될 것이었다. 제인이 폴에게 '바지 입지 마!'라고 말했으면 어땠을까.

폴은 다시 옷방에 들어가 시간을 더 끌면서 몇 분 동안 바스락거렸다. 시간이 멈췄다고 생각하는 듯했다. 이내 바지뿐 아니라 재킷에, 신발에, 실크 손수건에, 넥타이와 딱 어울리는 실크 손수건까지 주머니에서 빼꼼 나오게 한 상태로 갖춰 입고 돌아왔다.

아까 내던져 둔 바지나 옷방에 걸려 있는 바지 중에 못 골라서 그랬던 걸까? 제인은 알지 못했다. '바지 입는 데 오래 걸렸네요'라고 말하지도 못했고, 말할 수도 없었다. 폴 역시 농담을 하거나 해명할 수 없었다.

'아, 제이. 그래, 맞아.'

폴은 서 있었다. 담뱃갑과 라이터를 챙겼다. 완벽했다.

아마 더 필요한 것은 버튼호울[8] 뿐이었을 것이다. 복도에는 하얀 난초가 있었다. 폴은 정말로 결혼식에 가는 느낌으로 그렇게 잔뜩 공을 들여 말쑥하게 차려입었을지 모른다. 오늘 이 결혼식 날은 아니지만, 그런 인상을 풍겼다. 제인은 그 여자를 향한 질투심에 사로잡혔다. 그녀 때문에 폴이 내내 꾸물거리면서 치장했으니까.

제인은 폴이 드러낸 알몸을 보았다.

문득 그것이 모두 자신을 위한 일이었다는 생각이 제인의 뇌리를 스쳤다. 제인에게는 마지막 모습이었다. 폴이 '떠나가는' 복장이었다. 제인은 한동안의 침묵을 깨고 무심결에 말했다. 폴에게 처음으로 하는 말이었다.

"당신, 멋있네요."

제인은 수줍음 타는 하녀가 어울리지도 않게 사랑을 속삭이듯이 '아 진짜 멋있어요'라고 말하는 것처럼 들리지 않게 하려고 애썼다. 반대로 '좋아요, 가 봐도 돼요'라고 허락하는 것처럼 들리지도 않게 하려고 애썼다. 한결같이 숨기고 바라 왔던 고백처럼 들리지 않게 하려고도 애썼다.

---

8) 버튼호울(buttonhole): 남자의 클래식한 정장 자켓 왼쪽 깃에 만들어놓은 작은 구멍, 혹은 거기에 꽂는 꽃

폴은 제인에게 '너도 예뻐'라고 하지 않았다. 폴은 그렇게 말한 적도, 그런 말을 쓴 적도 없었다. '친구'라는 말만 했을 뿐. 제인은 자기가 한 칭찬 때문에 폴이 불편해지지 않았나 싶었다.

시시한 말을 해버린 것이다. 집어삼키고 싶지만, 해 버렸다. 이제부터는 폴이 말을 이어갔다.

"서두를 필요 없어. 가식쟁이들은 최소한 네 시는 돼야 올 테니까. 갈 땐 현관문을 잠그고, 열쇠는 발 받침 옆에 있는 돌 밑에 깔아둬. 파인애플 반쪽 모양 돌이야. 프레디가 크리켓 방망이를 휘둘러서 그렇게 됐어. 우린 집을 비울 때마다 그렇게 해. 그런 일은 거의 없긴 하지만. 게다가 난 지금 집을 비우고 가는 게 아니잖아? 그래도 에셀이나 아이리스가 없을 때 가식쟁이들이 먼저 오면 눈치챌 거야. 엄청나게 큰 열쇠라서 들고 다니진 않거든. 복도에 있는 탁자 위에 둘게. 이게 다야. 그 외는 다 그대로 둬."

그대로 두라니? 시트와 셔츠와 의자에 걸쳐 둔 바지 말인가, 아니면 다른 뜻이 더 있었을까? 하녀 노릇 따위 하지 말라는 얘기였을까? 폴은 말을 모두 쏟아내는 와중에 손가락으로 넥타이를 매듭지으며 커프스단추를 비틀었다.

"부엌에 빌앤드햄파이[9]가 있을 거야. 배고프면 먹어. 요리사한테야 내가 먹어 치웠다고 말하면 되거든. 그렇다고 누구한테든 뭐든지 다 얘기해야 한다는 건 아냐. 뭐든 다 얘기하진 않아."

폴이 마지막으로 한 말이 이상하게도 귓가에 울려 퍼졌다. 빌앤드햄파이 얘기가 끝이었던 게 맞나?
후에 제인은 빌앤드햄파이뿐 아니라 무미건조한 듯했던 폴의 발언에 들어 있는 속뜻을 여러번 곱씹었다. 소름 돋을 만큼 많은 것을 암시하는 말이었다. 하지만 그렇기 때문에 제인이 지어낸 이야기 같기도 했다. 폴이 그런 말을 다 쏟아냈을 리가 없고, 50년이 흘렀는데도 제인이 너무도 세밀하게 기억하니까 말이다. 폴은 '옷 좀 입지. 들키면 안 되잖아.' 정도로 말했을지도 모른다.
제인은 딱 맞아떨어지는 표현을 찾지 못해서 다듬어야 하는 구절을 다루듯 곰곰이 생각해 볼 것이다.
그때 폴이 떠났다. 작별 인사도 없었다. 가벼운 입맞춤도 없었다. 마지막으로 한번 쓱 보기만 했을 뿐이다. 제인을 쭉 들이켰다 바로 비워내는 것처럼 말이다. 폴은 방금 제인에게 집을 통째로 주었다. 제인에게 집을 맡기고 갔다. 이제

---

9) 빌앤드햄파이(veal-and-ham pie): 송아지 고기와 햄을 넣고 구운 영국 정통 고기 파이

집은 제인의 것이 되었으니, 편히 쉬면 될 일이다. 원한다면 샅샅이 뒤져도 된다. 모두 제인의 것이다. 마더링 선데이에 휴가를 받은 데다 돌아갈 집도 없는 하녀가 무슨 할 일이 더 있었겠는가?

❦

제인은 계단을 내려가는 폴의 발걸음이 희미해지는 소리에 귀를 기울였다. 폴이 복도 타일을 딸깍딸깍 밟으며 이동하자, 소리는 다시 점점 커졌다. 그는 떠나기 전에 물건들을 챙기는 듯했다. 모자? 버튼호울? 어쩌면 핀 따위를 재킷 주머니에 챙겨 넣었을 수도 있다. 아니면 열쇠를 찾고 있었으려나?

제인은 움직이지 않았다. 얼어붙고 말았다. 현관문이, 아니면 문 여러 개가, 열렸다 닫히는 소리가 들렸다. 쾅 닫는 소리도, 살살 닫는 소리도 아니었다. 문득 폴이 키득키득 웃어대는 소리가 들려왔다. 열린 창문을 타고 바깥에서 들려온 소리였다. 집안에서 울려 퍼진 소리가 아니었다. 그것은 트럼펫 소리처럼 도전적인 외침이었고 자신감 넘치는 웃음소리 같았다. 제인은 그 소리를 절대 잊지 못할 것이다.

폴이 자갈을 자박자박 밟는 소리가 들려왔다. 폴은 오래된 마구간 겸 차고 쪽으로 갔다. 제인이 앞쪽 벽에 세워 둔 자전거가 보였을 것이다. 폴이 현관으로 오라고 했기 때문에 자전거가 보이지 않도록 조심스레 숨겨 두는 따위의 수고는 하지 않았다. 게다가 현관은 마법처럼 열려 있었다. 제인은 홉데이 양이 요즘 시대 약혼녀답게 자기 차를 끌고 짓궂게 나타나 폴을 깜짝 놀라게 해 주려고 마음먹었다면, 아니, 놀라게 했다면, 가로대가 없는 여성용 자전거를 보게 되리라는 것을 떠올렸다. 그 다음에는 대 혼란 사태가 벌어질지도 모른다. 그랬다면 그날은 사뭇 다르게 전개되었을 터이다.

어쨌든 볼링포드에 있는 스완 호텔에서 곧 어떤 일이 일어나지 않겠는가?

모든 상황. 그 모든 상황은 일어나지는 않았더라도, 일어날 차례를 기다리고 있었다. 어쩌면 벌써 한 시 반이 다 되었을지도 모른다. 새들이 재잘재잘 합창했다. 다른 쪽 볼링포드 길가 어딘가에서는, 엠마 홉데이가 엠마모빌을 끌고 약속 장소 근처로 가고 있을 것이다. 어쩌면 엠마 역시 늦을지도 모른다. 조금 늦는 것은 여성의 특권이니까. 엠마가 매번 사람을 미치게 할 만큼 늦었을 수도 있다. 어쩌면 폴은 엠마가 이번에도 화가 솟구칠 만큼 늦으리라 생각했을 수도 있다. 폴이 그 시간에 딱 맞춘다면, 두 사람은 별 탈 없이 마주치겠지. 폴이 늑장을 피운 데에는 그런 단순한 이유가 있었는지도 모른다.

　엠마 홉데이는 차를 몰면서 눈부시게 펼쳐진 봄 날씨를 만끽할 것이다. 제인은 하녀인 만큼 자전거만 타 보았기에 차를 몬다는 것이 어떤 느낌인지 도무지 알 수 없었다. 제인은 잠깐이나마 엠마 홉데이의 입장이 되어 보려 했다. 홉데이 양은 아직 예비 남편이 어떤 모습을 보여 주려고 하는지 알지 못했다. 아니, 바지를 입기까지 퍽 오래 걸렸다는 사실도 알지 못했다.

　헨리의 가족들은 훈제연어를 다 먹고 나서 어쩌면 민트소스를 곁들인 오리고기나 양고기를 기다리고 있을지도 모른다. 분명 밀리의 요리만큼 맛있지는 않을 것이다. 다시 한번 말하지만, 날씨는 감탄스러울 만큼 좋았다. 결혼식 날도 이런 날씨일까. 제인은 긴 프랑스풍 창문이 햇빛을 향해 활짝 열려 있는 식당을 상상했다. 잔디밭이 강까지 이어져 있고 바깥에는 식탁이 가지런히 마련돼 있다. 결혼식 날처럼 하얀 모자도 있다.

　모든 상황. 모든 상황을 상상하는 일이란, 그저 일어날 만한 일을 상상하고, 실제로 일어날 법한 일을 예측하는 일이지만 존재하지 않는 것에 마법을 거는 일이기도 했다.

　제인의 귀에 차가 출발하는 소리가 들려왔다. 한두 번 묵직하게 바퀴가 돌아가는 소리였다. 어쩌면 폴은 마치 경주를 시작하듯이 매번 그랬을 것이다. 서둘러 가야 조금이라도 만회할 수 있을 것이다. 바퀴가 바지직하는 소리만 들려왔다. 돌거나 요동치는 소리는 아니었다. 이어 폴이 라임나무와 넓은 잔디밭 사이로 차를 몰자, 차츰 희미해지더니 그야말로 새의 노랫소리에 스며들고 말았다.

제인은 움직이지 않았다. 창가로 가지도 않았다. 폴이 포장도로 쪽으로 돌자, 차가 짧고 굵게 부릉댔다. 드디어 속도를 냈다.

제인은 여전히 움직이지 않았다. 커튼이 살랑살랑 흔들렸다. 알몸인 여자가 폴의 방에 있다. 제인은 얼마 동안이나 움직이지 않았는지도 알지 못했다. 움직이지 않는 게 어리석다는 생각이 지독히도 움직이기 싫은 마음을 이길 때까지 움직이지 않았다.

드디어 제인이 움직이기 시작했다. 베개를 박차고 일어섰다. 카펫에 발을 내디뎠다. 폴이 그랬듯이 알몸으로 카펫 위를 걸어갔다. 두 형제가 은테 액자 속에서 제인을 뚫어지게 쳐다보았다. 제인은 거울에 비친 자기 모습을 바라보았다. 창가로 갔다. 버크셔는 볼거리가 많은 지역이 아니라 볼 만한 건 없었다. 창가에 비친 제인의 얼굴과 햇볕이 쏟아지는 맨가슴을 알아챌 사람도 하나 없었다. 하늘은 파랗디 파랬다.

제인은 다시 방에 들어온 다음, 옷을 집어 들어 정리하고 싶은 충동을 꾹꾹 억눌렀다. 두 사람이 누워있던 침대를 바라보았다. 커버는 뒤집혀 있고, 시트는 움푹 들어가 있으며, 작고 야한 얼룩도 있다.

제인은 에셀을 생각했다.

사정 후의 모든 얼룩. 에셀은 아들이 있는 집 하녀였으니 익숙하겠지만, 이렇게 작은 얼룩은 묘하게 달라 보였을 것이다. 삼 형제가 사정한 모든 얼룩. 그중에 둘은 이제 떠나고 없지만 은테 액자 속에서 알몸인 여자를 보고 있다. 제인은 굳게 믿었다. 에셀은 남자가 정확히 어떻게 사정하는지 알지 못했으리라고 말이다. 그게 몸에 들어가거나 자기 체액과 섞여 흘러나오는 느낌이야 말할 필요도 없다. 에셀은 분명 서른 살쯤 됐을 것이다. 그녀의 부모는 분명 고루할 터이다. 하지만 에셀은 적어도 부모가 있고 오늘 만날 수도 있었다.

모든 쓸모없는 사정(射精). 텅 빈 방에 햇볕이 가득 차는 시간, 발가벗은 여자가 있다. 이런 눈부신 날에 상실감에 빠진 채 홀로 있어야만 할 이유가 있을까? 제인은 이 순간만큼은 에셀같은 하녀가 아니다. 니븐 씨가 쓸 법한 표현을 빌리자면, 작은 정원이 딸린 저택을 통째로, 마음껏 누릴 수 있다.

※

제인은 옷방을 지나 화장실 안으로 들어갔다. 소규모의

남성 사원 같았다. 면도칼, 빗, 향수병 등을 만져볼지 말지를 고민하면서, 유리 선반에 있는 물건이란 물건을 모두 더듬었다. 제인은 세면대에서 손을 씻고 수건으로 물기를 닦았다. 수건은 폴이 이미 사용한 후라 축축했다. 에셀은 이를 아무 생각 없이 치울 것이다.

제인은 여성용 피임 도구인 더치 캡[10]을 몸에 넣었었다. 폴이 구해다 준 것이다. 액체가 뚝뚝 흐른 것도 그것 때문이었다. 폴이 아니라면 제인은 그런 걸 손에 넣지 못했을 것이다. 언젠가 제인의 오후 휴가 때, 폴이 평소라면 부끄럽다며 절대 하지 않았을 일을 기꺼이 해낸 덕에 구할 수 있었다. 제인은 1시 20분 차를 타고 레딩으로 가서 폴을 만났다. 그 뒤에 두 사람은 영화를 보았다.

폴이 그런 것을 마련할지 누가 알았겠는가. 폴은 어떤 분야에서는 제인보다 똑똑했다.

"제이, 아는 의사 녀석이 하나 있는데…."

더치 캡에 적응하는 데 시간이 좀 걸렸지만, 임신을 철저하게 예방하려면 꼭 써야 했다.

---

10) 더치 캡(dutch cap): 네덜란드의 여성과 소녀들이 쓰는 독특한 모자. 모자 끝이 뾰족하고 얼굴 양 옆에 챙이 날개처럼 퍼지는 모양. 여성용 피임 도구에 대한 은유적 표현.

제인이 석 달쯤 전에, 일부러 그것을 안 썼다고 가정해 보자. 그리하여 임신을 하게 됐다고 가정해 보자. 모두 제인의 탓이 되어 금세 쫓겨나고 말았을 것이다. 폴이 파혼하지 않도록 책임을 떠안아야 했을 것이다. 제인은 폴을 위해 온갖 수모와 고통을 참아야 했을 것이다.

"더치 캡이야, 제이. 내 씨가 제이의 어느 곳에든 가까이 못 가게 하는 거지. 말하자면 필요 이상 가까이 못 가게 한다는 얘기야."

제인은 더치가 무엇인지 알지 못했다. 하지만 하녀복에는 작고 하얀 모자인 캡이 있었다. 제인은 캡을 두 개씩 쓴 적도 있었다.

게다가 '씨'라니. 또 다른 이상한 말이다. 씨와 비슷한 구석이라고는 조금도 없으니까. 말을 사용하는 방식이 이상한 것일 수도 있었다. 이를테면, 사과에 든 씨는 자그마하고, 검은색이며, 빵 덩어리에 뿌릴 수도 있다. 그러나 제인은 폴에게서 처음 들은 그 지칭이 적당한 표현이라고 생각했다. 살짝 마음에 들기도 했다.

"내 씨야, 제이." 이제는 정말 오래된 일 같았다.

"내 씨야. 땅에 묻어서 물을 준 다음, 어떻게 되는지 보자고."

제인은 솔직히 폴이 진심으로 한 말인지 알지 못했.

봄이었다. 씨를 뿌리는 시기였다.

"우리가 밭을 일구고 씨를 뿌리면….."

모든 사정(射精).

제인의 어머니는 임신한 하녀였을까? 그 결과로 인해 제인의 인생도 여기까지 흘러왔을까? 어머니에게는 집어넣을 캡이 없었을 것이니 말이다. 어휘력이 부족한 밀리라면 이렇게 말했으리라. 모든 세정.

✦

제인은 옷방으로 갔다. 만지고 싶은 유혹이 샘솟아 걸려 있는 옷을 모두 손가락으로 더듬어 보았다. 심지어 입어 보고 싶었다. 하녀가 궁금해할 만한 건 그뿐이었다. 오늘은 어떤 옷을 입고 어떤 사람이 되어볼까? 폴이라면 수수하면서도 완벽한 청회색 재킷을 골랐을까?

제인은 다시 침실로 왔다. 부드럽게 지저귀는 새 소리가 다시 들려왔다. 먼 곳에서 기차 소리가 칙칙폭폭 퍼지고 있었다. 옷을 주워 입고 바로 떠날 수도 있었다. 책에서 가끔 본 표현도 떠올랐다. '자취를 감춘다'.

하지만 폴이 한 말이 떠올랐다.

"집은 제인의 것이다."

제인은 정말로 그렇게 했다. 왠지 옷을 다시 챙겨 입고 물러가 버리면 안 될 것 같다고 생각했다.

제인은 옷방에서 나와 층계참 쪽으로 그림자를 따라간 다음, 케케묵은 카펫을 맨발로 밟았다. 천창에서 들어온 아롱아롱한 빛줄기가 세피아 톤 카펫에, 계단 맨 꼭대기까지 닳아 있는 얼룩에, 희미하게 빛나는 난간에, 공기 중에서 반짝이는 먼지에 쏟아졌다.

제인은 계단을 내려가면서 난간을 느끼듯 섬세하게 손가락으로 쓸어내렸다. 계단이 꺾이는 곳에서 융단 누르개가 반짝반짝 빛났다. 에셀이 닦아놓은 것이다. 제인이 다가가자 아래에 있는 복도가 긴장하는 듯했다. 전에 없던 광경에 물건들이 종종걸음치며 물러났는지도 모른다.

여자가 알몸으로 계단을 내려오다니!

복도 타일을 밟자 차가운 감각이 느껴졌다. 현관으로 연결되는 출구 한쪽에는 커다란 괘종시계가, 반대쪽에는 전신 거울이 있었다. 복도 반대편 탁자에는 크고 우묵한 병이 있었는데, 하얀 꽃과 잔가지가 담겨 있었다. 폴의 어머니가 아끼는 난초였다. 여느 꽃과는 달라 보였다. 평온하지만 고집이 있어 보였고 자그마한 모습이 마치 얼어붙은 나비 같았다.

폴이 나가기 전에 꽃을 꺾었을까? 꺾기엔 너무 아까웠

지만 폴이 신경이나 썼으려나? 그런 데에 관심을 두는 것은 폴답지 않았다. 시간을 지키는 것도 분명 폴답지 않았다. 커다란 괘종시계가 1시 45분을 알렸다! 줄기에서 작은 꽃 한 송이가 사라진다고 누가 눈치채겠는가? 당장 하나가 사라진다 한들 제인마저 눈치채지 못할 것이다.

제인의 머릿속에 폴이 난초를 꺾었으리라는 생각이 빙빙 맴돌았다. 그다음에는 거울 앞에 서서 꽃을 버튼호울에 꽂았겠지. 제인은 이 자리에 서서 자기가 폴에게 꽃을 꺾어 주는 모습을 그려 보았다. '자, 가기 전에 챙겨요.' 하고는 옷깃에 달아 주는 모습을.

복도 층계 위의 그림은 비치우드 저택처럼 계단식으로 걸려 있었다. 이상한 일이다. 이런 부류 사람들은 그림으로 벽을 장식하는데, 니븐 씨나 부인이 그림을 제대로 들여다보는 모습을 본 적이 없다. 어쩌면 그림의 진짜 용도는 곁눈질로 보는 것이거나 손님이 감상하는 것일지 모른다. 더 정확히 말하면, 하녀가 바짝 다가가서 상세히 살펴보다가 진정한 감정가가 되는 것인지도 모른다. 하녀들은 테에 붙은 먼지를 탈탈 털고 유리를 박박 닦아내느라 그림에 가장 밀착하니까 말이다.

제인은 비치우드 저택에 있는 그림이라면 보고 또 봐서, 아흔 살까지도 기억하게 되었다. 손때 묻은 카탈로그처럼, 혹은 처음 읽은 동화책에 나온 그림을 이상할 정도로 또렷하게 기억하는 것처럼 말이다. 제인은 늘 짙은 색 외투를 입은 남자, 그러니까 후원자와 감독관의 크고 우울한 초상화를 떠올리곤 했다. 취침 전 독서 시간도 없던 보육원 복도에 걸려 있던 그림이었다.

제인이 이곳에 대해 기억의 책자를 만들 수 있을까? 제인은 갑자기 방문하게 된 이곳의 모든 것들을 어떻게든 담아내고 간직하고 싶을 것이다. 하지만 이곳을 떠나면 다시 올 수 없을 것인데 과연 얼마 동안이나 기억할 수 있겠는가?

새로운 삶을 시작하게 될 폴은 언제쯤 이곳의 기억을 떠올리게 될까? 금방은 아닐 것이다. 제인은 기대하고 상상했다. 폴은 언제쯤 자신과 함께한 모든 시간을 모은 기억의 책자를…?

현관 안은 비치우드 저택과 무척 비슷했다. 집에 드나들때 늘 쓰는 물건인 우산꽂이, 모자걸이, 외투 등이 걸려 있거나, 옷을 벗어 놓은 허물 등이 있었다. 어쩌면 제인은 이곳에서 하인으로서 필요한 기술을 수월하게 행하고 있는 것일지도 모른다. 눈에는 띄지 않으면서도 반드시 가까이 있어야 한다는 기술 말이다. 이제 제인은 눈에 띄지 않는다.

펠트가 깔린 작고 폭이 좁은 탁자는 장갑과 그 밖의 소지품을 두는 곳이다. 제인은 폴이 놓고 간 열쇠를 보았다. 열쇠는 큼직하니 열쇠답게 생겼다. 문을 잠글 때 쓰는 열쇠라는 생각이 들자, 제인은 빨리 이 저택에서 나가 문을 잠가야겠다는 생각이 들었다. 그러나 지금 나가기에는 너무 아쉬웠다. 제인은 왠지 열쇠에게 인내심 테스트를 당하고 있는 듯했다.

그래도 아직은 열쇠에 손을 대고 싶지 않았다.

복도로 돌아가자, 어떤 문으로 갈지, 혹은 어떤 쪽으로 갈지 선택해야 하는 상황이 찾아왔다. 어떤 방에서든 특별히 할 일은 없었으니까 문제 될 것은 없었다. 위층 침실만 빼면 말이다. 그곳에서 하던 일은 끝났다. 제인이 평소에 했던 하녀 일은 몸에 완전히 배어버린 듯하다. 자기 것이면서도 자기 것이 아닌 이 집에 남몰래 알몸으로 침입한 상황에서도 정리 정돈을 자꾸 떠올리게 되니 말이다.

제인은 그렇게 했다. 이 방에서 저 방으로 스르르 드나들었다. 들여다보기도 하고 들어가보기도 하고 이것저것 사용해 보기도 했다. 자신이 실오라기 하나 걸치지 않고 있는 것이 충격적인 일이라는 자각에 이어, 이 사실을 알거나 짐작하는 사람이 아무도 없다는 자각에까지 이르자 발이 공중에 붕 뜨는 듯한 느낌이 들었다. 자신이 타인의 눈에 띄지 않을 뿐 아니라, 현실에서도 벗어난 것 같았다.

물론 에셀은 여자가 다녀갔다는 사실을 눈치챌 것이다.

하지만 제인이 아닌 홉데이 양이라고 생각할 것이다.

제인은 응접실로 들어갔다. 응접실은 외딴 타국 같았다. 한때 사랑받았으나 결국 버림받은 소지품들을 모아 둔 듯했다. 소지품들은 꼭 삶의 축소판 같았다. 비치우드 저택에서는 해본 적 없는 생각이다. 제인은 일 잘하고 말 잘 듣는 하녀로서 손님이 도착했다고 주인에게 알리고 차를 내오던 습관을 떠올리며 문을 열고 안으로 들어갔다. 응접실에는 아무도 없었다. 비치우드 저택에서 성역으로 여겨지던 도련님들 방에 들어갈 때와 비슷했다. 문을 두드리지 않아도 되었는데, 그래야만 할 것 같은 느낌이 들었다. 제인은 위층에 있을 도련님들 방에는 들어가지 않겠다고 마음먹었다.

제인은 문득 벽난로 선반 위에 있는 금테 거울 쪽에 시선을 빼앗겼다. 더할 나위 없이 적나라한 모습이 뚜렷이 보였다.

봐, 이게 너잖아! 네가 여기 있잖아!

폴은 자신에게 마술이 펼쳐질 것이라고 생각했을까? 2시 15분이 1시 반으로 딱 알맞게 바뀌리라고 생각했을까? 제인은 시계 분침이 정확히 어디에 있어야 지각한 폴을 엠마가 겨우 용서할지, 용서는 하지만 싸늘하게 반응할지, 용서는 하지만 무진장 화를 낼지, 아니면 아예 용서하지 않을지를 헤아려 보려고 했다. 용서하지 않을 수도 있다. 결혼식이

코앞이니 더더욱 용서하지 않을 것이다.

제인은 다시 엠마 홉데이의 입장에 서 보려 했다. 벽난로 선반에는 청첩장이 있었다. 도톰하고 금테가 빙 둘려진 둥그런 모서리의 카드에 한껏 사치스럽게 꾸민 검은색 글씨가 찍혀 있었다. 홉데이 부부가 셰링엄 부부에게 자기 딸 엠마 캐링턴 홉데이의 결혼식 청첩장을 보낸 것이다. 물론 형식상 보낸 셈이었으니 그야말로 자랑삼아 벽난로 선반에 올려두었을 것이다. 마치 자기 아들의 결혼식이 아닌 것처럼 말이다.

'캐링턴?'

제인은 복도로 돌아가 전신 거울 앞에 섰다. 마치 자신을 무형의 껍데기에 넣으려는 듯했다. 전에는 이렇게 여러 개의 호화로운 거울 앞에 선 적이 없었다. 발가벗은 채 거울에 온몸을 비춰볼 방법이 없었다. 제인이 쓰던 하녀 방에는 복도 타일 한 개보다도 작은 거울 하나뿐이었다.

난 제인 페어차일드다! 이게 나다!

폴 셰링엄은 제인보다도 이 몸을 더 많이 보았고, 알았으며, 더듬었다. 폴은 이 몸을 '소유'했다. '소유', 새로 알게 된 말이다. 제인이 가진 것이라고는 거의 몸뿐이었건만 폴은 제인의 몸을 소유했다. 반대로 제인이 폴의 몸을 소유했고,

또 폴을 소유했다고 말할 수 있을까?

폴은 엠마 홉데이를 '소유'한 적이 있었을까? 음, 2주 후면 그럴 수 있겠지. 제인은 엠마 홉데이의 알몸이 자신의 알몸과 비슷한지, 혹은 다른지 머릿속에 그려 보려 애썼다. 하지만 그럴 수가 없었다. 제인은 엠마 홉데이가 옷을 입지 않은 모습을 상상조차 할 수 없었다. 홉데이 양은 지금, 6월 같은 3월에 어떤 차림으로 있을까? 여름용 꽃무늬 원피스? 밀짚모자? 제인은 거울 속에서 엠마 홉데이의 모습을 보려고 애썼지만 폴의 모습을 보는 것마저도 어려웠다. 난초를 꺾었든, 혹은 꺾지 않았든 간에, 폴은 불과 1시간 전에 이 거울 앞에 서서 자신의 멋들어진 모습을 마지막으로 보았는데도 말이다.

거울에 흔적이 남을까? 거울에서 다른 사람의 모습을 볼 수 있을까? 거울 속으로 걸어 들어가서 다른 사람이 될 수 있을까?

커다란 괘종시계가 2시 정각을 알렸다.

제인은 폴이 이미 죽었다는 사실을 알지 못했다.

※※※

제인은 돌아서서 어떤 문으로 갈 것인지 곰곰이 생각한

다음, 하나를 열고, 또 하나를 열어 서재로 들어갔다. 어쩌면 그렇게 마구잡이로 들어간 건 아니었는지도 모른다. 주택에는 구조라는 게 있고, 비치우드나 업리처럼 제대로 된 '저택'에는 서재가 있기 마련이니까. 제인은 서재에 들어가게 되어 기분이 좋았다.

보통은 서재에서도, 특히 서재에서는, 문을 살살 두드리면서 조심해야 했다. 비치우드 저택을 놓고 보면, 서재 안에는 대체로 아무도 없었는데도 말이다. 주인은 서재가 비어 있어도 들어가지 말라는 뜻을 눈살 찌푸리며 내비치기도 했다. 그래도 하녀는 먼지를 털어야 했다. 책이란 어찌나 먼지를 잘 타는 물건인지 자주 들어갈 수밖에 없었다. 비치우드 저택에서 서재로 들어가기란 위층 도련님들 방에 들어가는 것과 느낌이 비슷했다. 제인은 가끔 서재에서 중요한 것은 책이 아니라, 신성한 분위기에서 남자가 방해받지 않고 취할 수 있는 휴식이라고 생각했다.

그러니 여자가 알몸으로 서재에 들어가는 것보다 충격적인 일이 또 있을까. 맙소사.

비치우드 저택 서재 벽에는 책이 빼곡했다. 거의 손을 대지도 않은 책이 대부분이었다(하녀는 안다). 하지만 단추 달린 가죽 소파 근처 구석에 놓인 회전식 서가-제인은 청소할 때 잠시 짬을 내어 한가로운 듯 이것을 빙빙 돌리길 좋아했다-에 꽂힌 책은 누가 봐도 읽은 흔적이 있었다. 아마 놀랍겠지만, 보통 그렇게 성인다운 공간에는 어린 시절과 소년기, 혹은 청년기 무렵이 다시금 떠오르는 책이 있기 마련이었다. 제인은 그런 책들이 한때 서재와 위층의 조용한 방 사이를 옮겨 다녔으리라고 생각했다. 희망찬 마음으로 새로 산 듯한 책도 몇 권 있었지만, 실제로 읽혀진 흔적은 없었다.

라이더 해거드(Rider Haggard), G.A. 헨티(G.A. Henty), R.M 밸런타인(R.M. Ballantyne), 스티븐슨(Stevenson), 키플링(Kipling)…. 제인이 책 몇 권의 작가와 제목까지 기억하는 데는 그만한 이유가 있었다. 《검은 화살》, 《산호섬》, 《솔로몬 왕의 보물》…. 제인은 꼬질꼬질 닳아빠지고 먼지 탄 커버, 심하게 착색된 헝겊 표지, 쭈글쭈글 주름지고 빛바랜 책등을 바라보곤 했다.

사실 비치우드 저택에 있는 방을 통틀어 서재가 가장 위압적이었다. 제인이 제일 좋아하는 곳이기도 했다. 도둑 아닌 도둑을 가장 반갑게 맞아주는 곳 같았으니까.

※※※

어느 날, 제인이 수줍게 배시시 웃으면서 당돌한 부탁을 하자, 니븐 씨는 생각에 잠겨 오래도록 머뭇거린 끝에 말했다.

"음 그래, 당연히 읽어도 된다네, 제인."

니븐 씨가 머뭇거린 이유는 조금 전도된 계급 질서를 용인하겠다는 뜻이거나, 아니면 그저 현실성이 있는 말인지 어리둥절해한 것일 수도 있었다. 글쎄 해야 할 일이 많을 텐데 책은 언제 읽는단 말이지? 잘 때? 어쨌든 제인이 글을 읽을 수 있다는 사실이 놀라울 따름이라는 뜻일 수도 있었다. 얼마 전까지만 해도 과연 글을 읽을 줄 아는지 시험해 보아야 했으니까.

그렇다 해도 니븐 씨는 부드럽게, 심지어 상냥하게 말했다.

"당연히 그래도 된다네, 제인."

마법의 문이 열리는 듯한 말이었다. '제인, 자네가 읽을 자격이 있다고 생각하나?'라는 식의 대답을 들었다면, 제인의 삶은 엉망이 되어버렸을지도 모른다.

제인이 깍듯이 고개를 숙일 만했다. 그럴 만했다.

"그래도 어떤 책을 읽을지 나한테 먼저 알려 줘야 하네. 물론 반납도 꼭 해야 해."

"물론입니다, 주인어른. 정말 감사합니다."

제인은 비치우드 저택 서재에서 책을 빌리게 되었다. 니븐 씨가 꼼꼼하게 감시하긴 했지만, 그 시선에는 호기심이 깃들어 있었다. 제인을 북돋아 주는 시선이기도 했다. 그러나 니븐 씨는 제인이 서재에서 어떤 서가에 관심을 두는지 알게 되고는 눈에 띄게 예민해졌다. 제인은 어쨌든 존 폭스(John Fox)의 《순교자 열전》이나 새뮤얼 스마일스(Samuel

Smiles)의 《기술자 열전》(5권짜리)은 읽고 싶지 않았을 것이다. 누가 읽고 싶겠는가.

"《보물섬》이라고, 제인? 《보물섬》이 왜 읽고 싶지? 이런 건 다 소년들 책인데."

의심하는 게 아니라 당황한 쪽에 더 가까웠다. 기습 질문 같은 것일 수도 있었다. 니븐 씨는 어쩌면 헛기침을 하면서 이렇게 말했는지도 모른다. '제인, 그런 책은 말고. 그것만 빼고 다 읽게나.'

니븐 씨가 한 말을 달리 표현하면, '글쎄 여자들 책은 어디에 있을까?'일 것이다.

제인은 신경 쓰지 않았다. 소년들 책이든, 모험 이야기 책이든 말이다. 여자들 책을 읽는 것도 싫지 않았다. 무엇이든지 상관없었다. 모험. 모험이라는 말이 책장 어딘가에서 스르륵 나타나더니 제인에게 손짓했다. '모험'.

비치우드 저택의 니븐 가족이나, 그런 부류 사람들은 보통 시간과 재력이 있기 마련인데도 어떻게든 모험을 하지도, 모험이라는 개념 자체를 알려고 하지도 않는 것 같았다. 서재는 무미건조하고 엄숙하게 모험을 거부하는 것 같았다. 그래도 비치우드 저택 서재에는 이렇게 회전하는 귀중품이 있다. 옛날에 책을 적당히 집어삼킨 뒤에 끔찍한 상태로 숙성시킨 듯했다.

니븐 씨는 '부디 저 서가만은 안 된다네, 제인'하고 말할 수도 있었지만, 그러지 않았다.

❧

나중에, 훨씬 나중에, 인터뷰에서 지루할 만큼 자주 받았던 질문에 제인은, '아 소년들' 책이, 모험 이야기책이 유행이었다고 답하곤 했다. 누가 감상적인 여자들 책을 읽고 싶어했겠는가?

제인이 눈을 번뜩이며 주름진 얼굴을 치켜올렸을 것이다. 덜 경박해 보이고 싶다면, '아시겠지만, 전쟁이, 1차 세계 대전이 겨우 끝났잖아요'라는 말을 덧붙였을 것이다. 그 시절에 그런 책을 읽는다는 건 경계를 넘는 행위였다. 일상 가까이 다가와 있는 경계이기에 넘기 어렵지는 않았다. 해적과 갑옷을 입은 기사, 파묻힌 보물과 돛단배가 나오는 이야기였다. 그게 바로 제인이 읽은 책이었다.

❧

업리 저택에 있는 서재들은 눈에 띄게 비슷했다. 책이 빼곡했으나 대부분 읽은 흔적이 없었다. 하얗거나 까만 남자

흉상들도 똑같이 있었다. 흉상들은 모두 눈썹과 수염이 짙고, 어깨에는 로마 시대 겉옷인 토가를 걸치고 있었다. 마치 중앙 창고에서 꺼낸 듯했다. 서재에는 책상이 있었고, 가죽 소파 대신 빨간 벽돌색이 감도는 뭉뚝한 안락의자가 두 개 있었다. 신문과 잡지를 꽂아 두는 선반과 박물관에 있을 법한 현대적이고 특이한 물건들도 있었다. 반쯤 닫힌 커튼 틈새로 들어온 햇빛은 연갈색 카펫 위에서 사다리꼴 모양으로 퍼져나갔다.

책상에는 법학 서적이 몇 권 쌓여 있었다. 평화롭게 비어 있는 이 저택에 폴이 고의로 남긴 유일한 흔적이었다. 일부러 그렇게 꾸며 둔 것으로 보이긴 했다. 이런 날 아침에 벼락치기라니. 제인은 폴이 부지런히 공부하는 척하면서 발을 책상 위에 얹은 채 담배 몇 개비를 뻐끔뻐끔 피워대는 모습을 상상했다.

제인은 폴의 그런 모습이 진짜 보이는 듯했다. 방 안에 있는 유령처럼. 그렇다면 유령이 둘이었다는 얘기가 된다. 제인의 유령도 손에 만져질 듯 거짓 없이 그곳에 있었기 때문이다. 아무도 알지 못하겠지만 그곳에 있었다.

3월밖에 안 되었는데도 부쩍 따뜻한 날씨 탓인지 파리가 윙윙거리며 창문을 툭툭 두드려댔다. 제인은 문득 책상 반대쪽을 바라보았다. 제인이 알 법한 책이 책장 한 쪽에 따로 구분되어 있었다. 비치우드 저택에서 읽은 책이었다. 제목도

낯익었다. 제인이 읽은 책이다. 그러니 제인은 낯선 이나 무단 침입자가 아니다. 어떤 면에서는 이 공간에 아주 잘 어울리는 존재다.

폴 셰링엄이 이런 책을 가까이했다 해도 그 사실을 말하지는 않았을 것이다. 폴은 업리 저택에는 버려야 할 게 많다는 생각을 은연중에 드러냈었다. 결국 불쌍한 말들까지도 모두 사라지지 않았는가. 제인이 비치우드 저택에서 읽은 책 이야기를 하자, 폴은 여느 일에 코웃음을 칠 때처럼 코웃음을 치면서 말했다.

"제이, 그런 헛소리를 다 읽는다고? 그런 걸 다 읽는단 말이야?"

두 사람은 본래 육체적으로 즐기는 관계지, 책 이야기나 늘어놓는 사이가 아니라는 사실을 폴은 바로 일깨워 주었다.

이런 폴이 변호사가 된다고? 맙소사.

업리 저택 서재의 다른 점 하나는 '소년들 책'이 회전식 서가나 분리된 책장에 따로 꽂혀 있지 않다는 점이다. 제일 큰 책장 한 편에 꽂혀 있어서 꺼내기가 편했다.

또 하나의 다른 점은 제인이 업리 저택 서재에 알몸으로 서 있다는 사실이다. 비치우드 저택에서는 한 번도 해본 적 없는 행위다.

제인은 앞에 있는 선반에서 책을 한 권 꺼내 책장을 펼쳤다. 그다음에는 왜 그랬는지 말로 표현할 수는 없지만, 책을 맨살의 가슴에 대고 꾹 눌렀다. 《유괴》라는 책이다. 아는 책이다. 비치우드 저택 서재에서 이 책의 사본을 읽었다. 책에는 '데이비드 밸푸어의 방랑' 지도가 있었다. '내 모험 이야기를 시작하겠다…'라는 말도 있었다.

제인은 책을 가슴에 대고 꾹 눌렀다가 제자리에 꽂아 두었다. 아무도 모를 것이다. 아무도 그 책에 감춰진 방랑과 모험 이야기를 모를 것이다. 아무도 위층 시트에 있는 '지도'를 모를 것이다.

제인은 서재에서 나왔다. 시계 바늘이 째깍거리며 돌고 있었다. 유일하게 들려오는 소리였다. 시계는 집안 곳곳에 배치된 수행원 같았다. 바깥세상은 눈부시게 빛나며 소란스럽게 지저귀고 있었다. 안에서는 모든 것이 조용하고 잠잠하게 갇혀 있었다.

제인은 다른 쪽 복도로 갔다. 그쪽으로 가면 부엌으로 연결되는 계단이 나온다는 사실을 본능적으로 알았다. 계단 아래도 사위가 무척 고요해서 마치 서재에 있는 것 같았다. 기운이 빠질 정도로 잔잔했다. 부엌에는 보통 온기가 남아 있기 마련이건만, 이곳은 화창한 위층과는 단절된 데다 아침

내내 아무도 사용하지 않아서인지 사뭇 서늘했다. 옷을 입고 있지 않은 탓일지도 모른다.

소름이 올라왔다. 배에서 꼬르륵꼬르륵 점잖지 못한 소리도 났다. 파이와 나이프가 식탁 위 마른행주 아래에 있었다. 그 옆 쟁반에는 커트러리, 냅킨, 양념, 맥주병과 유리잔, 병따개가 있었다. 내키는 대로 집 안 어디라도 들고 갈 수 있도록 간식거리가 가지런히 마련돼 있었다. 예를 들면, 공부에 집중하기 위해 서재에 들고 갈 수 있도록 말이다. 부엌에서 홀로 식사하는 새로운 경험을 만끽할 생각이 없다면 그렇다는 얘기다. 폴이 달리 시간을 보내거나 오찬을 먹으려는 계획이 없을 때 그렇다는 얘기이기도 하다.

어쨌든 이런 날에 정말로 책에 코를 박고 싶은 사람이 어디 있겠는가?

반쪽짜리 파이였지만 혼자 먹기에는 너무 컸다. 제인은 배가 고파진 나머지 걸신들린 듯 거칠게 덤벼들었다. 볼 사람은 아무도 없다. 이날이 다르게 흘러갔다면, 폴이 꾸며낸 핑계대로 되었다면, 폴도 이렇게 먹으리라고 제인은 생각했다. 식탐을 참지 못하고 게걸스럽게 먹어 치웠을 것이다. 식성 좋은 남학생처럼, 종일 굶은 떠돌이처럼 볼이 빵빵해지도록 음식으로 가득 채우며 먹다가 아무도 안 보는 틈을 타 다시 차갑고 멋있는 폴 셰링엄으로 돌아가기 위해 조용히 멈추었을 것이다.

제인도 마치 숙녀인 듯 자유를 누리며 찻집에 들러서 에그앤드크레스[11]샌드위치와 케이크를 샀을지도 모른다. 2실링 6펜스도 있었으니까.

이제 폴은 흠잡을 데 없는 말쑥한 차림으로 홉데이 양과 함께 스완 호텔에 앉아 있을 것이다. 과연 어떻게 처신하고 있을까? 뻔뻔하게 허세라도 부리고 있을까? '자, 지금 여기 왔잖아…'라고 하면서? 아니면 모든 것을 걸며 갈 데까지 가려고 했을까? '음, 파혼이라도 하고 싶은거야?'라는 식으로.

그렇게 잔인하고도 멋진 계획을 세웠던 걸까? 잠시 희망이 아찔하게 피어올랐다. 파혼이란, 심한 화를 불러일으켜서 제인과 폴 사이에 놓인 걸림돌을 치우는 일이니까.

제인은 파이를 우적우적 씹어 먹는 와중에도 그런 상황을 상상하려고 애썼다. 입 안 가득 파이를 문 채 부스러기를 질질 흘렸다. 제인은 폴을 위해서, 자기가 폴이라도 되는 것처럼, 그가 먹지 않은 이 파이를 먹고 싶었다.

파이는 무척 맛깔스러웠다. 제인은 맥주병을 땄다. 음식이 씻겨 내려가면 좋을 것이다. 가을이면 똑같은 갈색 낙엽이 보이는 것처럼 맥주 맛은 예전에 몇 번 마실 때마다 나던 맛과 똑같았다. 제인은 다시 파이를 욱여넣었다. 문득 자

---

11) 에그앤드크레스 샌드위치(egg and cress sandwich): 달걀, 새싹, 마요네즈, 버터 등을 넣고 만드는 영국식 샌드위치

신이 가장 불쌍하고 희망 없는 존재라는 생각이 머리를 스쳤다. 옷 한 벌 걸치지 않고, 집도 없고, 이렇게 남의 파이까지 먹고 있으니 말이다.

제인은 몸을 떨었다. 벌떡 일어섰다. 파이의 양이 너무 많았다. 큰 소리로 트림을 했다. 전부 그대로 두었다. 폴이라면 옷을 버려둔 것처럼 그대로 두었으리라고 생각했다. 제인은 문가로 돌아서서 모두 폴이 생각 없이 하는 행동과 같은지 확인했다. 나중에 에셀이 치울 것이다. 에셀 아니면 아이리스겠지. 둘 중 누구든 폴이 파이를 먹은 게, 아니, 그 외 많은 것들이 이상하다고 생각할지도 모른다. 폴이 홉데이 양과 점심을 먹으러 갔다면 말이다. 폴이 홉데이 양과 점심을 먹으러 갔다면, 시트에 그런 얼룩이 있는 것 역시 이상한 일이었다.

하지만 에셀이 파이와 얼룩을 알아본다면, 이야기를 짜맞춰 상상할 수도 있을 것이다. 제인, 그러니까 비치우드 저택 하녀가 상상했듯이 말이다. 홉데이 양이 이토록 아름다운 아침 내내 업리 저택으로 차를 몰고 와서 폴 씨를 '깜짝 놀라게' 했다는 상상이었다. 그동안 폴 씨는 부지런히 법학 서적을 읽다가 따분하고 배가 고파져서 빌앤드햄파이를 떠올렸을 것이다. 파이를 한입 가득 먹다가 남기고는 고작 맥주병을 꺼냈다는 건, 사실 홉데이 양의 습격에 화들짝 놀랐다는 뜻일지도 모른다. 예상을 했든 하지 못했든, 홉데이 양이 왔다는 한 가지 일은 또 다른 한 가지 일로 이어져서, 시트에 얼룩이 묻은 이유를 설명할 수가 있다.

폴 씨와 홉데이 양은 텅 빈 집을 마음껏 누린 다음에 점심을 먹으러 나간 것이다. 각자의 차로 약속 장소에 온 듯한 인상을 풍기면서 말이다. 에셀은 폴 씨가 역에 데려다주면서 한 이상한 말을 떠올렸을지도 모른다. 아마 폴이 점심에 홉데이 양을 만날 거라고 했을 것이다. 그다음에는 에셀이 혹시 몰라서 빌앤드햄파이를 좀 준비해뒀다고 얘기했을 테고. 물론 폴이 하인에게 일정을 이야기해야 할 의무는 없었다. 오히려 그건 드문 일이었다. 하인을 몸소 역에 데려다준 것 역시 드문 일이긴 매한가지였다.

희한한 날이었다.

후에 제인은 에셀이 그 이야기를 자기 나름으로 재구성하게 될 것이고, 때가 되면 그 이야기에 어떤 결함이 있는지까지 알게 될지도 모른다고 생각했다. 하지만 에셀은 어질러진 방과 부엌을 정리할 때, 둘이 남긴 흐트러진 흔적들도 그리 신경 쓰지 않았을 가능성이 훨씬 더 컸다. 그런 데 신경쓰는 건 에셀이 할 일이 아니었다. 에셀은 어머니 댁에 다녀온 뒤였기에 자기 자신과 관련하여 생각해야 할 일도 많았다.

에셀이나 아이리스가 파이를 먹은 사람이 누군지 짐작이나 했을까? 음… 폴이 파이를 먹었다면, 그게 최후의 만찬

이 되는 것인가?

❦

제인은 계단을 내려갔다. 소년용 모험 이야기책 말고 인기 있는 책이 또 있었다. 어른들이 좋아하는 책도 있었다. 제인은 인터뷰에서 탐정 이야기를 읽을 만큼 시간이 남아돈 적은 없었다고 말하곤 했다. 읽을 시간을 말한 것이었다. 쓸 시간은 말할 필요도 없었다. 삶 자체에는 수수께끼가 넘쳐 나는 법이다.

제인은 따뜻하고 밝은 위층으로 올라갔다. 서두를 필요는 없었다. 복도 시계를 보니 2시 20분이었다. 아직은 점심시간이다. 집 안은 볼 만큼 봤으니 이제 나가고 싶어졌다.

그 순간-이처럼 제인은 전화벨이 울리는 순간을 늘 정확히 꿰고 있곤 했다-바로 그 전화벨이 따르릉 울렸다. 전화기가 그렇게 가까이 있었는지 미처 몰랐다. 제인은 얼어붙고 말았다. 전화기가 너무 바짝 붙어있어서였는지 몰라도, 벨 소리에서 이상한 느낌이 들었다. 전화를 받지 않았다. 이 상황에서 전화를 받는 것은 어리석은 행동일 것이다. 전화를 받는 기술이 제법 훌륭하다고 해도 말이다. 전화벨은 제인이 꼼짝도 하지 않고 서 있는 얼마간 동안 울렸다. 제인이 움직였다면, 전화기에게 자신의 존재를 들킬 것만 같았다. 이 또한 어리석은 생각이었다.

이렇게 낯선 복도에 아무것도 걸치지 않고 서 있는 것이야말로 진짜 어리석은 행동이 아닐까?

제인은 계단을 올라가서 다시 침실로 들어갔다. 침실은 그대로였다. 그대로 두고 나왔으니 당연한 얘기다. 각도만 좀 낮아졌을 뿐 햇볕이 계속 쏟아지고 있었다. 창문은 활짝 열려 있고, 옷은 안락의자 위에 있다. 폴이 두고 간 바지가 아직도 제인의 스타킹 한쪽에 겹쳐 있다. 침구는 뒤집혀 있다. 얼룩은 살짝 말랐다. 그런데 그렇게 잠깐 둘러보는 사이에, 보이지 않는 벽이 생긴 듯한 느낌이 들었다. 정말 이 방에서…? 정말 여기에서…?

가장 본질적인 질문이었다. 그 일이 정말 있긴 했을까?

창문 너머로 새가 끊임없이 재잘재잘 노래했다. 파란 하늘에는 티끌 하나 없었는데 제인은 보지 못했다. 혹은 봐 놓고도 기억하지 못했을 수도 있다.

제인은 화장대 위 삼면 거울에 비친 자신의 알몸을 마지막으로 힐끗 바라보았다. 옷을 입었다. 옷은 자주 해오던 분장처럼 잘 들어맞았다. 제인은 폴의 바지를 만졌다. 그저 만지기만, 쓰다듬기만 할 생각이지, 정리하려는 건 아니었다. 폴이 생각 없이 열어두고 간 것처럼 활짝 열린 창문도 닫지 않았다. 에셀이 할 일이었다. 여기에 굳이 사다리를 놓고 올라올 사람이 누가 있겠는가? 제인은 침대에 손대지 않았다. 얼룩마저 감추지 않았다.

화장대 위에 있는 액자 속 청년들은 이제 제인을 잊은 듯했다. 아까 두 형제가 제인을 훔쳐본 느낌이 든 건 다 헛된 망상이었을까? 형제는 오래된 사진 속에서 꼼짝도 하지 않고 제인을 바라보았다. 마지막으로 제인은 문 앞에 서서 머릿속으로 사진을 찰칵 찍었다. 그리고, 나갔다.

제인은 문득 복도에 멈춰서서 움푹 들어간 그릇 위로 나온 난초 한 송이를 꺼냈다. 아니, 뽑았다. 글쎄, 폴이 그렇게 하지 않았다면, 제인이 했으리라. 제인은 난초를 꽂고 있으면 잘못을 쉽게 들키리라는 사실을 바로 깨달았다. 원피스에 난초를 찔러넣고 비치우드 저택에 돌아간다면 말이다. 제인은 아까 반 크라운을 넣었던 곳에 난초를 쏙 넣었다. 금세 상하고 망가지겠지만, 제인에게 난초는 그날을 영원토록 기억하기 위한 증표였다. 옷 깊숙한 곳에 숨겨진 난초를 아는 이는 아무도 없을 것이다.

※

모험 이야기지, 탐정 이야기가 아니었다. 소년들 책이라는 것이 중요했다. 인터뷰 진행자야 다 농담조로 한 이야기였을 테고, 어쨌든 인터뷰가 너무 '딱딱한' 방향으로 흘러가지 않길 바랐을 것이다.

"소년들요?"

"아 네."

제인은 여든 살 먹은 손으로 한때 남자들이 줄이라도 늘어섰던 것처럼 손사래를 치며 답하곤 했다. 청중은 어두운 객석에서 동조하듯 웃을 것이다. 인터뷰 진행자는 분위기가 한창 유쾌하게 상승하던 중 갑자기 화제가 바뀐 순간, 제인이 잠깐 눈을 가늘게 뜨는 모습마저 못 볼지도 모른다.

삶 자체가 모험일지도 모를 일이다. 그게 바로 모든 책에 숨겨진 뜻이다. 요즘 말로 하면 '언외의 뜻'일 것이다. 세상을 살아갈 다른 방법이 있기나 할까? 모험이라는 게 꼭 해적 이야기나 구사일생 스토리일 필요는 없다. 마음속에 계속 자리하고 있는 걸림돌 역시 모험이 될 수 있다. 상상해 보자. 상상해 보자고. 작가는 시간을 어떻게 보낼까? 온종일 책상 앞에 앉아 있는 사람이니 작가야말로 세상에서 가장 모험심이 없는 사람이 아닌가?

하지만 제인은 인터뷰에서 그런 말을 하지 않았다. 그저 방어 차원에서 눈을 깜빡이면서, 얄궂게도 입술을 꾹 다물고 상대를 놀리는 것처럼, 은밀한 사실은 이야기하지 않았다.

내 모험 이야기를 시작하겠다…

제인은 파인애플 모양의 돌덩어리 아래에 열쇠를 놓았다. 큰 도끼였다면 모를까 프레디가 어떻게 크리켓 방망이로 이 돌덩이를 깨뜨렸다는 건지 이해가 가질 않았다. 제인은 은테 액자에 있던 사람 중에 누가 프레디인지도 알지 못했다. 물어볼 수 있었고, 물어봐야 했지만, '누가 누구예요? 얘기 좀 해줘요'라고 물어보지 않았다. 같이 누워있던 때에 물어보면 어땠을까? 그랬다면 폴이 기분 나쁜 기색을 내비치면서 대답을 피하려고 했을지 모른다.

이제 제인은 알 길이 없다.

그곳 벽에는 자전거가 있었다. 제인은 그 자전거 때문에 들킬 수도 있었다. 제인은 자전거를 끌고 가다가 올라탄 다음, 떨리는 숨을 골랐다. 안장에 닿는 부분이 살짝 따끔거렸다. 제인은 치맛단을 접어 모았다. 따뜻하고 맑은 공기가 주위에 그득했다.

별안간 예상치 못한 자유가 넘쳐흘렀다. 자신의 진짜 삶이 시작되고 있는 듯했다. 끝없이 이어져 왔고 계속 이어져 갈 삶 말이다. 제인은 이렇게 반전에 둘러싸인 상황을 설명하지 못할 것이다. 설명할 일도 없을 것이다. 그날이 완전히 전도된 것처럼. 제인이 그 집에서 느꼈던 감정이 봉인되거나, 사라지거나, 파묻히지 않은 것처럼. 밖으로 흘러넘친 자유는 제인이 마시는 공기에 녹아들었다. 제인은 이날이 얼마나 완벽하게 전도되었는지 느끼지 못할 것이다. 삶이란 이토록 잔인하면서도 너그러운 것일까?

제인은 자전거를 타고 출발했다. 문과 길로 이어지는 진입로를 따라가지 않았다. 오랜 습관대로 예전에 다니던 길로 갔다. 마구간을 지나고, 진달래속 식물을 거쳐 채소밭과 화분 창고와 냉상[12]과 온실을 지난 다음, 길을 따라 요리조리 갔다. 방치된 관목 사이로 좁게 난 길을 거쳐서 뒤죽박죽 엉킨 바깥쪽으로 나가자, 잡목이 자라는 숲이 보였다. 제인은 구불구불한 길과 별채를 가리는 식물 무더기에 익숙했다. 두 사람은 그런 식물들 틈에서 그 덕을 자주 봤으니까. 폴은 보통 이렇게 명령했다.

"정원 길로 와."

비치우드 저택에서 업리 저택으로 이어지는 비밀스런 뒷길은 늘 제인의 머릿속에 남아 있었기에 언제든지 쉽게 지도를 그릴 수 있었다. 《보물섬》이나 데이비드 밸푸어가 하일랜드에서 한 모험 지도처럼 말이다. 제인에게는 그런 능력이 있었지만, 진짜 비밀 지도를 그려서 남들도 보게 하는 것은

---

12) 냉상: 난방 장치를 쓰지 않고 식물을 따뜻하게 재배하는 시설

둘 사이의 비밀에 대한 배반 행위일 것이다.
"정원 길로 와, 제이."
한 번은, 폴이 진심을 담아 "난 절대 앞장 안 서"라고 한 말이 이상하게도 귓가에 맴돌았다.
잡목이 자라는 숲은 거친 풀과 검은 딸기 덤불이 있는 작은 황무지로 이어졌다. 그다음에는 제멋대로 자란 산울타리가 나왔는데, 거기에 출구가 또 있었다. 역시 업리 저택 땅이었다. 계단식 출입구 위로 자전거를 번쩍 들어야 했는데, 제인이 여러 번 해본 일이었다. 물론 자전거를 산울타리에 꼭꼭 숨겨 두었을 것이다. 늘 그렇게 했으니까. 하지만 이번엔 폴이 현관으로 오라고 단호하게 명령했다.

이 무렵 산울타리는 빽빽하게 뻗어나갔다. 산사나무는 몇 시간 사이에 푸르른 싹을 틔우고, 새하얀 꽃을 피운 듯했다. 산울타리 너머에는 좁은 샛길이 굽이져 있었다. 일단 그 길에 오르면, 제인은 속 편한 나그네처럼 페달을 힘껏 밟으며 어디로든 갈 수 있었다. 천국 같은 일요일 오후다.
순간 멈칫하며 제인은 어느 길로 방향을 틀어야 할지 정하지 못했다. 3시 정각이었을 것이다. 아직도 오후 반나절이 남아 있다. 왼쪽으로 돌면 비치우드 저택으로 돌아가는 지름길이 나올 테니, 오른쪽을 고를 터였다. 어디로 갈지 정하는 것은 중요하지 않았다. 중요한 건 그야말로 자전거를 타고 따뜻하고 상쾌한 바람을 맞으며 달리는 일이었다. 오른쪽으로 가면 햇볕이 내리쬐는 길을 따라 한참 내려갔다가 조심조심 올라가야 했다. 우물쭈물 고민하던 제인은 확실히 마음을 정했다.

처음에는 페달을 힘껏 밟았다가 풀어준 다음, 점점 속도를 냈다. 바퀴에서 윙윙거리는 소리가 들려왔다. 머리카락과 옷 사이로 바람이 한껏 불어오더니, 가슴 속까지 들어오는 듯했다. 문득 제인의 마음 속에서 노래가 흘러나오기 시작했다. 몰아쳐오는 바람 앞에서 입을 열 수 있었다면, 정말로 노래했을지도 모른다. 제인은 그토록 완벽한 자유를, 온갖 가능성이 쏜살같이 밀려오는 느낌을 말로 설명하기 힘들었다. 전국에 있는 하녀와 요리사, 그리고 유모라면 오늘만큼은 '자유의 몸'이다. 그러나 이토록 해방된 사람이 제인 말고 또 있을까? 폴 셰링엄까지 포함해서 말이다.

제인에게 만나러 갈 어머니가 있었다면 오늘 같은 하루를 보낼 수 있었을까? 감히 상상도 못했던 삶을 살 수 있었을까? 제인의 어머니는 자신이 끔찍한 선택을 하는 바람에 딸이 얼마나 축복받게 되었는지 알기나 할까?

제인은 본인이 자신의 어머니라도 되는 것처럼, 자전거를 타던 소녀를 절대 잊지 못할 것이다. 하지만 그 소녀 이야기는 누구에게도, 단 한마디도 꺼내지 않을 것이다.

소녀라고? 제인은 스물두 살이었다. 치마는 바람에 들

취 올라가고, 음부에는 더치 캡이 들어 있었다.

․∘∘∘∘∘․

오르막길 꼭대기에는 교차로와 표지판 네 개가 붙은 이정표가 있었다. 흰 배경에 검은 글씨였다. 제인은 어디로든 얼마든지 달려갈 수 있을 것 같았다. 숨겨둔 힘이 솟아나는 듯했다. 파이를 우적우적 먹고, 나무 뒤에 있는 저 집에서 에일 맥주도 벌컥벌컥 마셨으니까!

하지만 제인은 교차로에 오래도록 멈춰 서 있었다. 3시 정각이었다. 헨리에서는 푸딩을 다 먹고 나서 곧 있을 결혼식에 대해 곰곰이 생각하고 있을지도 모른다. 홉데이 씨는 넓은 마음으로 비용을 다 지불하면서 스스로의 권위를 유지했을 것이고, 니븐 씨는 같이 계산하지 않아도 될 거라는 희망을 품고 있었는지도 모른다. 그사이 볼링포드에서는 폴과 엠마의 장미 전쟁이 마지막 일촉즉발의 순간을 넘어 기적적으로 마무리되었을지도 모른다. 불꽃은 샴페인에 사그라들었을 것이다. 엠마 홉데이는 뻔뻔하게 떡하니 버티고 있는 폴 셰링엄에게 굴복했을 것이다.

"엠마, 꼭 그렇게 화를 내야겠어? 오늘 같은 날에? 삼십 분밖에 안 늦었는데…. 알았어, 사십 분. 십 분 차인데 왜?"

그러면서 폴의 손은 엠마의 무릎을 더듬고 있을 것이다.

결국 그렇게 흘러갔을까? 모든 상황을 상상해 보자.

제인은 한쪽 발은 길가에, 다른 쪽 발은 페달 위에 올린 채 서 있었다. 어느 쪽에서도 차 소리 한번 들리지 않았다. 재잘재잘 지저귀는 새소리와 따뜻한 기운에 만물이 살랑살랑 흔들리며 깨어나는 소리만 반쯤 들려올 뿐이었다. 봄이었다.

제인은 왼쪽으로 돈 다음, 1.6킬로미터쯤 가고 나서야 다시 왼쪽으로 돌았다. 빙 돌아서 다시 비치우드 저택으로 가는 길이었다. 아직도 오후 반나절이 남아 있다. 제인은 남은 시간에 자신이 무엇을 하고 싶은지 알고 있다.

어쨌든 제인이 하려 했던 일이다. 니븐 씨에게 말했을 수도 있는 일이다. 기분 좋은 명령을 듣지 않았다면 말이다. 그러지 않았다면 제인은 밀리가 만든 샌드위치와 2실링 6펜스만 챙겨서 훌쩍 출발한 다음, 화창하고 조용한 곳을 찾았을 것이다. 책을 읽으면서 앉기도 하고, 눕기도 할 곳을 말이다. 조지프 콘래드(Joseph Conrad)의 책이었다. 제인은 이 작가를 들어 본 적이 없다. 막 읽기 시작했을 뿐이다.

책을 챙겨서 나올 수도 있었지만, 더치캡과 책을 함께 챙겨 폴에게 간다는 것은 터무니없는 얘기였다. 전화벨이 울리지 않았다면, 책을 챙겨서 정원에 종일 앉아 있었을 것이다.

'그렇게 해도 된다면요, 주인어른.'

그러면 니븐 씨는 오히려 매력적인 장면을 떠올리면서, '당연히 그래도 된다네, 제인'이라고 했을 테고.

이제 제인의 또 다른 마더링 선데이가 새로 시작될 것이다.

제인은 책과의 약속을 지키려고, 조지프 콘래드와의 약속을 지키려고, 왼쪽으로 돌고 다시 왼쪽으로 돌았다. 비치우드 저택에 필요 이상으로 일찍 돌아가게 되었지만, 그렇다고 해서 바로 가거나 빨리 갔다는 얘기는 아니다. 눈부시게 아름다운 햇살과 완벽하게 살아 숨 쉬는 설렘까지 계속 만끽하면서 자전거를 타고 윙윙 달렸다. 그 기억을 머릿속에 영원토록 새기면서.

제인은 4시가 좀 지나서 비치우드 저택에 도착하고 나서야 뜻밖에도 니븐 부부가 벌써 돌아왔다는 사실을 알게 되었다. 진입로 위로 자전거를 타고 올라가던 순간, 니븐 씨는 자갈밭에 차를 대고 서 있었다. 아침에 마지막으로 본 모습과 거의 똑같았지만, 가까이 다가가자, 니븐 씨의 심경이 아주 뚜렷이 달라졌다는 게 느껴졌다. 니븐 씨가 물었다.

"제인. 제인 맞나?"

얼마나 이상한 말인가. 거기에 제인 말고 다른 사람이라도 있다는 말인가?

"제인, 맞나? 일찍 돌아왔구먼. 끔찍한 소식이 있다네."

이야기를 쓰고 말을 복잡하게 다루는 게 오랫동안 해 온 일이 되었을 때, 제인은 지긋지긋한 질문을 되풀이해서 받곤 했다. "그럼 언제, 그러니까 어떻게 작가가 되셨나요?" 제인은 이 질문에 답할 만큼 답했다. 사실 매번 다르게 답할 수도 없는 노릇이었다. 이야기를 들려주는 게 제인이 하는 일이었는데도 사람들은 의외로 속단하지 않았다. 제인이 의례적인 대답을 할 때 이야기를 지어내거나 농담만 하리라고는 생각하지 않았다는 얘기다. 사람들은 제인의 말을 믿었다. 모두 괜찮은 대답이었고, 문제 삼을 만한 내용은 아니었으니까.

"태어난 때부터요. 태어난 때부터죠, 당연히."

제인은 70대나 80대나 90대에 이런 질문을 받아도 이렇게 답하곤 했다. 늘 알쏭달쏭했던 출생이 아주 오랜 미지의 사건처럼 느껴졌다.

"전 고아였어요."

제인은 이 사실을 몇 번째인지도 모를 만큼 여러 번 알려 주곤 했다.

"전 아버지나 어머니를 전혀 알지 못했어요. 제 진짜 이름도요. 이름이 있기나 했다면 말이죠. 전 늘 그게 바로 작가가 되는 데 딱 맞는 이유라고 생각했어요. 특히 소설가가 되는데요. 어떤 자격도 없잖아요. 백지상태니까요. 더 정확히 말하면, 스스로 백지상태가 되는 거죠. 아무것도 아닌 사람 말이에요. 우선 아무것도 아닌 사람이 돼야 누군가가 되는 거 아니겠어요?"

제인의 눈에 특유의 눈빛이 반짝 빛나며 입꼬리에 주름도 자글자글 잡히면 인터뷰 진행자는 그 모습을 보면서, 그래, 그녀에게는 교활한 구석이 있다니까, 라고 생각할 것이다. 제인 페어차일드는 연륜과 술수가 뛰어난 사람으로 통했다. 하지만 눈빛, 반짝이는 눈빛만큼은 한결같았다. 얼굴은 주름투성이였는데도 워낙에 반듯했다. '내가 거짓말할 것 같아요?'라며 순진무구하게 반문하는 듯 보이기까지 했다.

"그냥 고아가 아니라, 업둥이였어요. 못 들어 본 말이죠? 업둥이요. 요즘에 자주 쓰는 말은 아니죠. 18세기 때 쓰던 말 같잖아요. 아니면 동화책에 나오겠네요. 아무튼 전 보육원 계단에 버려졌어요. 보따리 같은 데 싸여 있었겠죠. 보육원에서 절 받아줬고요. 그렇다고 하더라고요. 그 당시에는 그런 일이 종종 있었죠. 1901년엔 말이죠. 다른 세상이었어요. 누구도 삶을 그렇게 시작하고 싶진 않을 거예요. 하지만 그때는 어떤 면에선 그게 최고였거든요."

제인의 눈빛이 다시 반짝 빛났을 것이다.

"제 성, 페어차일드는 업둥이 아이한테 지어주는 이름이었어요. 보육원 출신 중에는 페어차일드, 굿차일드, 굿바디

같은 성을 가진 사람이 많았어요. 삶을 잘 시작하라고 그렇게 지어준 것 같아요. 사람들이 가끔 물어봐요. 제가 글을 쓸 때 실명을 쓰냐고요? 네 그래요. 제 실명이었어요. 제인 페어차일드요. 하지만 필명이기도 하겠네요. 제인 파운들링[13]이라고 해도 되고요. 사실 잘 어울리지 않나요?"

"그럼 제인은요?"

"아 제인은 그냥 전부터 있던 여자애들 이름 아닌가요? 어린 여자애들 이름요. 제인 오스틴부터, 제인 에어에, 제인 러셀까지…."

제인은 그렇게 눈빛을 반짝이고, 입술은 꾹 다물고서, 세상에 나올 때부터 이야기를 지어낼 자격을 타고났다고 넌지시 내비치곤 했다. 언어가 사물과 연관되는 방식을 향한 깊은 관심도 타고났다고 말이다.

"타고났다고나 할까요? 흠. 농담인 거 아시죠?"

제인은 절대 밝히지 않을 것이다. 실제로 작가가 되거나 그렇게 될 씨를 심은 건 아주 따뜻했던 3월의 어느 날이라고 말이다. 마치 세상에 처음 나온 날처럼 스물두 살에 실오라기 하나 걸치지 않고서 집 안을 돌아다닌 순간, 전보다 더 제인 페어차일드가 된 느낌이 들었고, 전과는 다르게 유령 손

---

13) 파운들링(foundling): 업둥이, 고아.

님이 된 것 같기도 했다고 말이다. 이 세상에 놓인다는 게, 이를테면 세상으로 바짝 다가간다는 게 진정 어떤 의미인지를 느꼈다고 해도 되리라고 말이다.

이런 공식 인터뷰에서 어찌 말할 수 있겠는가. '전 저택에서 알몸으로 돌아다녔죠. 우리 집도 아니고, 전에 들어간 적도 없는 집이었고요. 제가 어떻게 그런 행동을 했을까요'라고 말이다. 절대 말하지 않겠다고 다짐한 이야기였다. 하지 않았다. 앞으로도 하지 않을 것이다.

그렇다, 보라! 제인은 타고난 이야기꾼이다.

✤

1924년 마더링 선데이였다. 요즘 터무니없이 '어머니의 날'이라고 부르는 날과는 다른 날이다. 알다시피 제인은 어머니도 없었다.

제인은 보육원에서 자란 뒤에 하녀로 일을 시작했다. 하녀라는 말은 요즘에 잘 쓰지 않는 표현이다. 제인은 예비 작가에게 '삶의 시작'으로 표현하라고 권하곤 했다. 하녀라는 직업의 특성상 한 걸음 물러나 내부를 들여다보게 되는 경우가 많다보니 구경꾼이 되기 쉽다. 시중들던 사람은 시중을 들고, 시중받던 사람은 삶을 살았다. 가끔은 반대로 되기도 했다. 하인도 삶을 살았다. 힘든 삶을 살았다. 그런데 시중받던 사람은 삶을 어떻게 살아야 할지 잘 모르는 듯했다. 그중에는 심각하게 우울한 영혼도 있었으니까….

제인은 열네 살 때 하인으로 일을 시작했다. 2년 뒤, 그러니까 1917년에는 버크셔에 있는 '비치우드 저택'으로 갔다. 니븐 씨 부부가 다시 한번 '받아주었다'고 할 수 있다. 니븐 가족은 최근에 아들 둘을 잃어 조촐해졌다. 전쟁으로 인해 경제적으로 힘들다 보니 원래 데리고 있던 요리사에 임금이 싼 초보 하녀 한 명만 더 쓰려고 했다.

짐작하기 그리 어렵지도 않겠지만, 니븐 가족은 고심 끝에 자기들만의 내밀한 이유로 고아를 골랐다. 알고 보니 가엾고 불쌍한 고아 아이는 그리 활기가 없지도, 재간이 없지도 않았다. 글도 읽을 줄 알았다. 보통 하녀보다 글을 더 많이 알아서, 깡통에 적힌 '브라소'[14] 말고도 더 읽을 줄 알았다. 살 물건의 목록을 적고 총액을 계산할 줄도 알았다.

"제인, 3실링 6펜스에 7실링 6펜스를 더하면 얼마지?"

"11실링입니다, 주인어른."

제인은 반쯤 교육받았다.

어느 날, 심지어 제인이 책을 읽고 싶어 한다는 사실이

---

14) 브라소(brasso): 스테인리스 광택제로 유명한 영국 브랜드

드러났다. 책이라니! 니븐 씨는 어처구니없어하지도 않았고 얼굴을 붉히지도 않았다. 자비를 베풀려는 충동만 더욱 샘솟았다. 너그러운 아버지처럼 마음이 동해서는 고아 소녀, 그러니까 페어차일드에게 책을 빌려줘야겠다는 생각만 할 뿐이었다.

제인이 어떤 책을 좋아하는지 알게 되자 부드럽지만 단호하게 반대 의사를 표시할 수도 있었지만 니븐 씨는 너그러이 넘어갔던 것이다. 니븐 씨는 가끔 서재로 사라지곤 했다. 제인은 서재는 그러라고 있는 곳이라고 생각했다. 남자가 사라지는 곳이자, 거드름을 피우는 곳 같았다. 제인은 니븐 씨가 울려고 서재에 들어간다고 생각했다.

제인이 가끔 '사라지는' 것에도 너그러운 마음을 베풀어주었다. 니븐 씨와 부인은 보통 제인이 하는 일에 불만을 품지 않았다. 오히려 그 반대였다. 이상하게도 제인은 가끔 자리를 비웠다. 지정 휴가와 오후 휴무가 계기였다. 간단한 장을 보러 가서는 세월아 네월아 하는 듯한 때가 있었다. 자전거 타이어에 펑크가 나거나, 두 번째 자전거에 저주라도 걸린 듯 체인이 또 떨어져 나가서 지나가던 사람이 친절하게 도와주길 기다려야 했던 적도 있었다. 제인이 눈에 띄지 않을 때도 있었다. 정말 그랬는데, 보통은 하루 중에서 가장 고요한 때였다.

어쩌면 자리를 비운 이유를 설명할 수 있을지도 모른다.

제인은 자기 방에 있을 기회를 놓치지 않았다. 애처로운 고아 신세를 남몰래 한탄하려는 게 아니었다. 책을 읽으려는 것이었다. 책을 빌려도 된다고 해 놓고 읽을 시간을 얼마라도 안 줄 수는 없지 않은가. 까놓고 말하면, 비치우드 저택에서는 예전처럼 하인들을 단호하게 다스리거나 엄격하게 통제하지 않았다. 그토록 통제해 오던 곳에서 세상이 어떻게 돌아갔는지 가까운 역사를 보면 알 것이다.

니븐 씨나 부인이나 둘 중에 누구라도 제인이 자주 사라지는 이유를 궁금해하거나, 짐작해 본 적이 있었을까?

✿

아 그래, 제인은 눈을 반짝이며 이름 없이 태어나서 운이 좋았다고 말하곤 했다. 제인에게는 이름이 없었다. 진짜 생일도 없었다. 이름만 없는 게 아니라, 나이도 없었다. 여든 살 먹은 얼굴에는 생기가 넘쳤다.

제인의 생일은 대충 어림잡아 5월 1일이다. 제인 페어차일드가 좋은 이름이었던 것처럼 아마 그날도 좋은 날이었을 것이다. 분명히 어떤 어머니는 보따리 안에 생일과 이름만 적은 쪽지를 넣었을 것이다. 성은 뺐을 것이다. 이름은 흔할수록 더 좋았다. 이름이 '레티시아'인 아이를 맡길 사람은 아무도 없었다. 생각해 보면 이름이란 어쨌든 이름에 불과했다. 어떤 이름이든 다 이름에 불과하지 않은가? 나무를 왜 나무라고 하겠는가.

제인이라면 이름이 제인 번들[15]이었다고 해도 마음에 들어 했을 것이다.

하물며 생일을 잘못 적었다 한들 무슨 문제가 있었을까? 진짜 생일이 4월 25일이었다고 해도 전혀 모를 텐데. 틀린 날이 맞는 날이 될 수 있다. 그게 바로 삶의 진리였다. 사실과 허구는 늘 어우러지며 번갈아 나타났다. 어쨌든 하녀라면 한가롭게 생일을 표시할 시간이 그리 많지 않았다. 생일을 알기라도 했다면 말이다. 하녀는 생일에 휴가도 받지 못했다. 하녀가 되기란 고아가 되는 일과 약간 비슷했다. 남의 집에 사는 데다 돌아갈 집도 없었으니까.

마더링 선데이만 빼고. 이날에는 휴가를 받고 집에 가서 가족을 만났다. 제인에게는 늘 상실감이 조금 느껴지는 날이었다. 마더링 선데이에 혼자서 무엇을 해야 한단 말인가? 제인이 어머니를 보러 갈 수는 없는 노릇이었다.

어쨌든 하녀가 되지 않았다면, 혼자서 어떻게 보냈을까? 제인은 그게 바로 사람들이 흔히 겪는 곤경이라고 생각했다.

---

15) 번들(bundle): 보따리

상실감을 느끼면서 혼자서 무엇을 할지 모르는 것 말이다. 주름이 자글자글한 제인의 얼굴에 다시 생기가 넘칠 것이다.

***

제인은 '하녀로 일하던 시절'이나 '하녀 시절'이라고 말하곤 했다. '하지만 오래 가지 않은 처녀 시절'이라고 덧붙인 적은 없었다. '하인으로 일하던 시절.' 이제는 세상의 절반이 '하인으로 일하던 시절'을 떠올리기가 힘들어졌다. 제인은 1901년에 태어났다. 적어도 연도는 맞을 것이다. 제인은 자라서 하녀가 되었다. 누구라도 예상할 만한 일일 것이다. 하지만 작가가 되리라고는 아무도 예상하지 못했을 것이다. 친절하게도 5월 1일에 제인 페어차일드로 다시 태어나게 해 준 보육원 위원회마저도 예상하지 못했을 것이다. 아마 가장 생각지도 못한 사람은 제인의 어머니일 것이다.

인터뷰에서 전쟁-1차 세계 대전-때 분위기가 어땠는지 설명해 달라고 부탁받았을 때, 제인은 지금보다 너무 오래전이고 너무 다른 세상이라서, 그 시절을 떠올리는 건 소설을 쓰는 격이라고 말하곤 했다. 제인이 솔직한 사람이라면, 물론 그 시절을 모르지는 않는다고 하면서, 상실감과 슬픔이 층층이 쌓여 있었다고 덧붙일 것이다. 어느 누가 그 상실을 모르는 척할 수 있단 말인가? 제인은 매주 모든 것을 '원래 있던 대로' 둬야 한다는 두 아들 방의 먼지를 털었다. 방 안에 들어가면 숨을 좀 돌린 다음 일을 이어가야 했다.

제인은 방의 주인이었던 두 아들을 알고 지낸 적이 없었다. 제인이 주로 한 생각은 각 방에 가구가 빼곡하게 들어차 있다는 것이다. 제인처럼 태어나자마자 부모를 여읜 처지였다면 그 모든 것을 어떻게 가졌겠는가? 과연 작은 것 하나라도 소유할 수 있었을까? 전쟁은 제인 탓도 아니지 않은가? 그래, 제인이 운이 좋았다고 할 수도 있다. 남자 형제나 아버지도 없었고, 그 나이에는 신경 써야 할 남편이야 뭐, 말할 필요도 없었으니까. 그렇다, 제인은 운이 좋아서 괜찮은 보육원에서 자란 것일지 모른다. 보육원이라고 해서 다 학대를 일삼으면서 사악하게 굴지는 않았으니까. 제인의 어머니가 누구였든 간에 안목이 있었나 보다.

제인은 그렇게 보육원에서 기초 교육을 받았다. 부모가 있는 사람도 그러지 못하던 시절이었다. 짐을 싸서 최전선으로 가게 된 사람들도 그러지 못하던 시절이었다. 제인은 열네 살 때 상당히 고급 수준으로 읽기와 쓰기 실력을 갖춘 상태로, 얽매일 가족도 없이, 어쩌면 삶을 향한 열망도 남다른 상태로 하녀 일을 시작했다.

5월 1일에 태어난 제인 페어차일드가 되기 싫은 사람이 어디 있겠는가?

아 그렇다. 제인은 운이 퍽 좋아서 버림받았다. 제인의 얼굴에 꽃이 피어나듯 미소가 번졌다.

❧

"제인, 너 고우지?"

제인이 온 지 얼마 안 됐을 때, 요리사 밀리가 바짝 들여다보더니 말했다. 꼭 자기가 어떤 사람과 같이 일하게 되었는지 꼼꼼히 알아내기라도 하려는 듯했다.

"우리 어머니도 고우셨거든."

밀리가 정말 그렇게 말했을까? 틀린 말을 했다는 사실을 알면서, 일부러 그렇게 말했을까? 요리사 밀리의 눈빛에는 순수하고, 순진하며, 솔직한 감정이 담겨 있었다. 사실 밀리가 '고아'를 '고우'로 말했다 한들 무슨 상관이겠는가. 틀린 말이 더 나은 표현이었다면? 밀리에게 잘못 말했다고 지적하는 건 옳지 못할 것이다. 그렇게 대놓고 얘기하면, 제인은 수준이 높은데, 밀리는 언어 능력이 떨어지고, 교육도 못 받았다는 사실을 드러내는 셈이다. 그러니까, 밀리의 말이 실수였다면 말이다.

고아라면 아마 고와지리라. 신데렐라가 공주님이 되었듯이.

밀리가 정말 그렇게 말했을까? 아니면 제인이 잘못 들었을까? 아니면 제인이 지어냈을까? 진실코 아닐 것이다. 그리

하여 제인은 언젠가 완벽한 등장인물을 만들어내었는데, 바로 틀린 말을 쓰는 사람이었다. 제인이 쓴 소설 《다시 말해 줘》에서 조연으로 나오지만, 파란만장한 인생을 사는 인물이었다. 제인은 그녀를 요리사 밀리라고 부르던 때를 떠올렸다. '거추장스럽다'라고 해야 할 때 '고추장스럽다'라고 하는 사람이었다. 사실 비치우드 저택에서 '하녀로 일하던 시절', 실존 인물이었던 밀리는 확실히 그 마더링 선데이 무렵에 점점 더 동화책에 나오는 요리사처럼 되어갔다. 포동포동하고 튼실해지더니 볼도 발그레해졌다. 두툼한 팔뚝으로는 믹싱 볼을 팍팍 휘둘렀다.

　가장 중요하면서도 이상할 정도로 분명한 사실은 밀리가 세 살만 많을 뿐인데도 그 기간 동안 암암리에 제인 페어차일드의 어머니 노릇을 하려고 했다는 점이다. 밀리의 진심이 넘쳐흐른 만큼, 이 저택에 새로 와서 정신을 못 차리던 하녀는 그런 역할 분담을 받아들일 수밖에 없었다. 제인이 밀리보다 훨씬 더 똑 부러진데다, 똑똑한 구석이라고는 조금도 없는 밀리야말로 더 아이 같아 보였을 텐데도 둘 사이는 전혀 틀어지지 않았다.

　제인은 늘 밀리가 정말로 '고우'냐고 말하려 했는지 궁금했다. 밀리가 제인과 폴 셰링엄과의 관계를 얼마나 알고 있으며, 얼마나 넘겨짚어 상상했는지도 궁금했다.

　제인은 그 등장인물을 요리사 몰리라고 부르곤 했다. 밀리가 제인을 입양했다고 치면 그 기간은 7년 정도가 될 터였다. 그 마더링 선데이 이후 6개월 즈음에 늘 엉뚱한 말을 쓰던 밀리가 점점 더 이상해지더니 어딘가로 가게 되었다. 밀리는 어머니 댁 말고는 아는 곳이 없었기에 자신이 어디로 가는지 알지 못했다. 바로 밀리와 비슷한 상태의 여성들이 갔다가 두 번 다시 돌아오지 못하는 곳이었다.

그렇게 제인은 두 번째로 고아가 되었다.

진짜로 고아를 고우라고 했다면 어쩌지? 하늘을 땅이라고 했다면? 나무를 수선화라고 했다면? 자연의 섭리가 실제로 달라질까? 자연의 신비도 달라질까?

제인이 침대에 그렇게 계속 누워있지 않고 폴과 함께 계단을 내려가서, 알몸인 상태로 차가운 발을 차가운 체스판 모양 타일에 올리고는, 우묵한 병에서 난초를 꺼내 폴의 옷깃에 꽂아 주었다면 어땠을까?

'나를 위해서예요. 우린 두 번 다시 못 볼 테니까요.'

허무맹랑한 동화책에 나오는 억지스러운 장면처럼 말이다.

제인은 작가가 되었고 변덕스러운 언어에 계속 시달렸다. 작가였으니까. 혹은 그것이 바로 작가가 된 이유였으니까. 언어는 사물이 아니다. 사물은 언어가 아니다. 하지만 두 가지는 왠지 떼려야 뗄 수가 없었다. 언어는 보이지 않는 피부처럼 세상을 감싸며 실체를 만들어 주었다. 언어를 뺀다고 해서 세상이 존재하지 않는다고 할 수도 없고, 실제가 아니라고 할 수도 없다. 기껏해야 사물은 언어 덕분에 구별된다는 이유로 언어에 고마워하고, 언어 역시 온 세상에게 고마워하는 듯했다.

그러나 제인은 인터뷰에서 그런 이야기를 절대 하지 않을 것이다.

그런 이야기는 남편 도널드 캠피언과 가끔, 어떨 땐 침대에서 나누곤 했다. 제인은 도널드를 '위대한 해부학자'라고 부르곤 했다. 도널드는 제인을 '위대한 생체 해부학자'라고 부르곤 했다. 이런 식으로 말장난을 주고받았다. 제인은 혀를 쏙 내밀며 장난쳤다.

"작가가 되려면 꼭 해야 하는 게 또 뭐가 있을까?"

"음, 언어는 언어일 뿐이라는 걸 알아야 하고, 그냥 약간의 느낌이…."

제인이 눈에 잔주름을 잡으며 살짝 웃었다.

"아, 모험 이야기는 물론 소년들 이야기죠. 사실 그땐 계속 전쟁 중이라서 남자랑 관련된 건 다 말도 안 되는 얘기가 됐는데도요. 완전히 헛소리죠."

"그럼… 소년들 자체가요?"

"그러니까… 소년들과의 모험을 말씀하시는 건가요…?"

제인은 작가가 되었다. 아흔여덟 살까지 살았다. 세계 대전을 두 번 겪고, 왕 네 명과 여왕 한 명의 통치 시기를 지나왔다. 빅토리아 여왕 당시 태어났으니 여왕은 사실 두 명이었다. '태어난 뒤에 잊혔다.'

제인이 열 살, 보육원에 살 때였다. 큰 배가 빙산에 부딪히면서 고아가 더 많아졌다.[16] 어떤 여자가 달리는 왕의 말에 몸을 내던졌을 때,[17] 제인은 열두 살이었다. 막 열다섯 살이 된 여름에는 어느 저택에서 잠시 일했다. 그때까지 제인은 그런 저택을 본 적이 없었다. 그때 몽정이란 걸 속속들이 알게 되었다.

제인은 100년 가까이 살았으니 배우고, 보고, 쓴 것이 많았다. 제인은 자기가 2000년까지 살지 못한다 해도 상관

---

16) 타이타닉 침몰 사건
17) 여성참정권 운동을 한 에밀리 데이비슨의 사망사건

없다고 유쾌하게 말하곤 했다. 여기까지 온 것만으로도 놀라운 일이다. 그녀는 1900년대를 모두 가졌다. 제인이 살아내기에 더할 나위 없이 좋은 시대였다. 제인의 얼굴에는 생기가 넘쳤다.

사실 70세, 80세, 90세 시절까지도, 그리 많이 배우고 본 건 아니었다. '하녀 시절', '옥스퍼드 시절', '런던 시절', '도널드와 함께하던 시절'에 말이다. 모두들 자기만의 작고 깊은 구석에서 살지 않는가? 그 시절 내내 책상 앞에 앉아 있었다니! 이름을 날리던 시절도, 세계를 돌아다니던 시절도, 가 보게 되리라고는 꿈조차 꿔보지 못한 곳에 간 시절도 다 흐릿해지고 말았다. 그게 바로 '일흔 살 제인 페어차일드', '일흔다섯 살 제인 페어차일드', '여든 살 제인 페어차일드' 시절이었다. 맙소사! 제인은 늘 똑같은 질문을 똑같이 받아쳤다.

제인의 마음의 눈에 무엇이 들었는지 헤아려 본다면 어떨까. 자, 그러면…. 모든 장소를, 모든 상황을 생각해 본다면 어떨까. 《마음의 눈으로》는 제인이 쓴 책 중에 가장 유명했다. 제인은 실제 삶에서 마음의 눈으로 봐왔던 것을 풀어낼 수 있었을까? 당연한 듯 그렇게 하려 했으나 결국 그러지 못했다. 제인은 몽상가가 아니었다. 작가가 되는 데 중요한 부분은 삶에서 일어나는 일을 받아들이는 게 아닐까? 그것을 받아들이는 것이 인생의 전부였다.

'옥스퍼드 시절!' 딱 들어맞는 말이다. 그래, 제인은 옥스퍼드로 갔다. 물론 사람들이 말하는 일반적인 의미로는 아니었지만 말이다. 제인은 인터뷰에서 그 시절에 대해 쾌활하게 툭 터놓고 말하길 좋아했다.

"아 네, 옥스퍼드에 있었어요…."

"옥스퍼드에 있었을 땐…."

그래, 제인은 1924년 10월, 캐치폴레인에 있는 팩스턴 서점의 점원으로 일하기 위해 옥스퍼드로 갔다. 그때 책이란 삶에 있어서 꼭 필요한 것 중 하나이자 인생의 반석과 같은 존재라는 사실을 깨달았다.

하녀가 된 이후 처음 얻은 직장이자, 살면서 처음 스스로 이루어 낸 큰 도약이었다. 하녀에서 점원이 되는 게 큰 도약은 아니라고 생각할지도 모르겠다. 하지만 결단력과 용기, 필력까지 갖춰야 하는 일이었다. 지원서를 써야 했기 때문이다. 니븐 씨도 추천서를 써 주며 도와주었다. 어쩌면 제인이 자기보다 서재를 더 많이 활용했다고 적었으리라.

제인은 취직을 했다. 니븐 씨는 이 일이 제인으로선 큰 도약이며, 제인이 마음을 단단히 먹은 결과라는 것을 이해하는 듯했다. 니븐 씨가 10파운드나 준 덕분에 옥스퍼드에서 자리를 잡게 되었다. 제인은 하녀로 일하면서 받은 임금을 모두 저축했다. 다행히 돈을 뜯어 갈 가족도 없었다. 니븐 씨가 가끔 준 반 크라운과 2실링짜리 플로린 동전이야 더 말할 필요도 없었다.

니븐 씨는 잇속에 밝은 편이었지만 인심도 잘 썼다.

이때쯤 밀리는 떠나고 없어서, 위니프레드라는 새 요리사가 왔다. 새 하녀도 곧 올 터였다. 제인 페어차일드는 비치우드 저택이나 업리 저택이 그후 어떻게 되었는지 알지 못하게 될 것이다. 다시는 돌아가지 않을 테니까. 어떤 것은, 어떤 장소는, 마음속에서 더 진짜같이 존재하는 법이다. 제인은 자기 소유의 차가 생긴다 해도 다시는 그곳으로 돌아가지 않을 것이다. 차를 타고 지나다가 잠시 멈춰 바라보며 감탄은 할지언정 돌아가지는 않을 것이다.

제인은 팩스턴 씨 밑에서 일했다. 일개 점원일 뿐이었지만, 책과 점점 더 친해졌다. 가장 중요한 사실은 제인이 손님과 퍽 잘 지냈다는 점이었다. 친한 손님은 평범한 도시민부터 알짜배기 대학생, 심지어 교수에 이르기까지 다양했다. 팩스턴 씨가 인재를 얻었다는 사실은 금세 분명해졌다. 제인이 책과 점점 더 친해지면서 손님과도 점점 더 친해졌다는 사실도 분명해졌다.

사실 그중에는 같이 어울리고, 데이트하며, 잠을 자기까지 한 손님도 있었다. 어렴풋한 추측이긴 하지만, 제인이 그러길 원했다 해도 과언은 아니었으리라. 제인은 다른 의미로는 '옥스퍼드에 가지' 못 했지만, 옥스퍼드에 간 사람들과는 무척 가까웠다. 사실 옥스퍼드에 살던 여러 사람들, 그러니까 가난한 책벌레 같은 사람들보다 더 막힘없이 대학 '사회'로 진입했다고 볼 수도 있었다. 당시 보기 드물었던 여대생 행세를 제법 그럴싸하게 하고 다니기도 했다.

"뭐 전공해요?"

"전공요? 아, 아니에요, 전 그냥 점원이에요."

그 사람들의 눈빛이 환하게 빛나는 모습이 눈에 선하다.

나중에는 감히 '전 그냥 점원이지만, 글도 써요'라고 말했을지도 모른다.

언젠가 팩스턴 씨가 서점 뒤쪽 작은 사무실에서 말했다. 그는 모든 일을 꼼꼼하게 잘 살피고 헌신적이며 가정에 충실한 타입의 남자였다.

"제인, 타자기가 너무 낡아 새로 바꿀까 해. 이거 가질래?"

마치 자기 얘기를 하는 것 같은 어색한 눈빛이 보였다. 오래된 타자기는 아주 쓸 만했다.

"가질래?"

그가 말했다.

이 순간이 바로 그녀가 진정으로 작가가 된 때라고 할 수 있다. 세 번째 순간이다. 태어날 때처럼, 하녀 시절 어느 3월의 어느 멋진 날처럼.

옥스퍼드에서 보낸 나날, 옥스퍼드 시절! 아 얼마나 좋은 날들이었던가! 제인은 옥스퍼드가 아주 마음에 들었다. 옥스퍼드는 교육 도시였다. 솔직히 말하면, 제인은 어떤 면에서는 교육자이기도 했다. 심지어 지역 최고 수재였다. 옥스퍼드에 수재가 얼마나 많았겠는가? 아, 이제 제인은 다 기억하지도 못한다. 물론 남편 도널드 캠피언을 만난 곳도 옥스퍼드였다. 그곳에서 완전히 다른 또 하나의 인생 이야기가 펼쳐졌던 것이다. 삶 자체를 그렇게 말할 수 있다는 것이 재미있었다. 또 하나의 인생 이야기라니.

"결혼 생활이 그리 평탄하진 않았죠? 도널드 캠피언 씨랑요."

"왜 그렇게 생각하세요?"

"음, 생각도 다르고, 직업도 달랐으니까요. 남편분은 똑똑하고 젊은 철학자 아니었나요?"

제인은 '몸도 문제였어요'라고 말하지는 않았다. 80세의 그녀는 그 문제에서 벗어났을지 모르지만. 사실을 말하자면, 도널드는 전혀 몰랐겠지만, 제인은 도널드와 함께 할 때 늘 폴 셰링엄을 생각했다. 물론 인터뷰에서 이 이야기를 꺼내지는 않을 작정이었다.

'남편 책이랑 제 책을 다 넣을 공간이 부족했겠다는 말씀이신가요?'

제인은 이 말도 하지 않았다. 입을 꼭 다물고 있는 게 빈정거리는 것만큼이나 효과가 톡톡할 때도 있었으니까. 팔십이 되니 꽉 짜낸 행주 같은 얼굴이 썩 좋은 가면이 되기도 한다.

"게다가… 정말 비참할 만큼 짧았잖아요."

인터뷰 진행자가 말을 계속 더듬었다.

'도널드가요, 결혼이요?'

제인은 이 말에도 대답하지 않았다.

"네, 비극이었죠."

제인이 냉랭한 목소리로 답했다.

'우린 모두 연료다. 태어난 뒤에는 타 버린다. 남보다 더 빨리 타 버리는 사람도 있다. 다르게 연소하기도 한다. 하지만 타지도 않고, 불도 전혀 못 끄는 것이야말로 슬픈 삶 아니겠는가?'라는 말은 하지 않았다. 여든 살쯤에 신탁이라도 받은 듯 쏟아낼 법한 말이지만 말이다.

제인은 책이나 어딘가에서 그 비슷한 말을 했다. 도널드가 죽었을 때 느낀 슬픔은, 제인의 삶에서 두 번째 슬픔이었다. 인생이 끝난 것 같았다. 도널드를 화장할 때 장작더미에 뛰어들고 싶은 충동도 느꼈다. 그 대신 제인은 훗날 더 유명한 작가가 되었다.

《마음의 눈으로》. 이 책은 도널드가 1945년 가을에 뇌종

양으로 제인 곁을 떠나기 전까지는 출간되지도, 완성되지도 않았다. 어떤 면에서는 시작되지도 않았다. 도널드의 삶에 있어서 음울한 농담이란 바로 그가 너무 똑똑하다는 것이다. 도널드는 최고의 암호 해독가였고 전쟁에서 무사히 살아남았다. 그런 그에게 비밀 엄수법을 어길 기회가 없어진다는 점 역시 또 하나의 농담이다. 이제 제인은 음울한 농담조로 다 소설 같다고 낮게 읊조렸다.

"도널드랑 저한테는 똑같은 과제가 있었어요. 단어와 사물이죠."

제인은 《마음먹기 나름》을 만지작거렸다. 《비밀 엄수법》도 만지작거렸다. 그런 제목의 소설을 출간했다니! 《마음의 눈으로》라…. 《마음먹기 나름》이라…. 어떤 쪽이든 추상적이면서도 약간 지적이었다. 하! 철학자의 아내로 12년을 살았으니까.

《마음의 눈으로》는 제인이 쓴 책 중에서 가장 육체적이고, 관능적이며, 노골적으로 성적이었다. 마침내 그런 소설을 쓸 방법을 찾은 것이다. 첫 번째 대성공이었다. 마흔여덟, 좀 관대한 분위기였기에 작가치고는 많은 나이가 아니었지만, 어머니가 되기에는 많은 나이였다. 개인적인 이유로 어머니가 되는 것을 늘 피했다. 참다운 모성애를 겪어보지 못해서 그럴 것이라는 추측이 가능하다. 밀리를 빼면 말이다. 이제 도널드와 그의 청회색 눈동자와 껄껄 웃어대는 소리는 사라지고 말았다. 제인은 그만 죽음에 굴복하고 싶었다.

마흔여덟에 유명해지다니.《마음의 눈으로》덕이었다. 노골적인 묘사에 깜짝 놀라 아연실색한 사람도 있었다. 아직 1950년이었으니까. 20년은 흘러야 세상에 수용될 만한 표현들이 있다. 제인에게는 설상가상으로 '레이디 노벨리스트'라는 호칭이 붙었다. '레이디'라는 말을 제인에게 붙인 의도가 무엇일까? 귀족 근처에도 가지 못한 제인이 아닌가. 그들은 대체 제인이 어디 출신이라고 알고 있기에 그렇게 표현한 것일까?

마흔여덟에 유명해지고, 과부가 되었으며, 아이는 없었다. 아직 고아로 사는 삶의 중간만 지났을 뿐이었다.

※

"버거운 소식이 있다네."

니븐 씨와의 이 중요한 대화에서도 언어는 변덕스럽게 사물에서 미끄러져 나가는 특기를 발휘했다. 니븐 씨는 적당한 말을 찾아내려고 기를 쓰고 있었다. 제인은 몇 시간 전 폴과 했던 행위 때문인지, 니븐 씨가 '벗기는 소식'이 있다고 말한 줄 알았다. 벗기는 소식이 있다네. 밀리마저 하지 않을 법한 실수였다.

니븐 씨는 몇 마디 말을 더 한 다음, "제인, 자네 얼굴이 아주 하얗게 질렸네"라고 말했다.

제인은 이런 표현은 분명 책에만 나오는 것이라고 생각했다. 책에서나 '하얗게 질리거나', '화가 머리 꼭대기까지 나거나', 눈이 '이글이글 타오르거나', 피가 '싸늘하게 식었으니까.'라고 표현한다. 제인이 읽은 책들 말이다.

"정말 미안하네, 제인. 이런 얘기를 해서 말이야. 오늘은 마더링 선데이잖나."

니븐 씨는 지금 여기에 혼자 있는 듯했다. 제인에게 소식을 전해주려고 이 시간에 일부러 비치우드 저택으로 되돌아온 것 같았다.

"사고가 있었다네, 제인. 돌이킬 수 없는 사고야. 폴 셰링엄과 관련이 있다네. 업리 저택에 사는 폴 말일세."

제인은 그냥 나오는 대로 그저 웅얼웅얼 반사적으로 대답했을 것이다.

"업리 저택에서요?"

"아니, 제인. 업리 저택은 아니고. 길에서 사고가 났다네. 자동차 사고였어."

바로 그때 니븐 씨가 말했다.

"제인, 자네 얼굴이 아주 하얗게 질렸네."

니븐 씨는 잠시 머뭇거리다가 팔을 쭉 뻗으며 민첩하게 앞으로 튀어 나갔다. 제인이 쓰러질 것 같았기 때문이다.

제인은 니븐 씨가 이 상황과 이 다음에 일어난 일들 모두를 어떻게 말할지 알지 못한다. 이를테면 니븐 씨가 어떻게 '기억할지'를 말이다. 제인은 니븐 씨가 얼마나 알고 있었는지 모르지만 당황한 탓에 혼자 지레짐작한 것이다.

제인은 작가가 아니더라도 기록을 남기는 사람이 얼마나 많은지 70세나 80세가 되어서도 알지 못했다. 미스테리였다.

폴 셰링엄은 기록이라는 것을 하지 않았을 것이라고 제인은 확신했다. 그런 점이 바로 폴의 자랑거리였을 것이다.

폴이 출발했을 때 마법이 일어나지 않았다면, 물리 법칙이 중단되지 않았다면, 늦었을 것이다. 제인은 폴이 예비 신부를 만나러 갈 예정이었는데도 조금도 서두르려 하지 않았다는 사실을, 오히려 그 반대였다는 사실을 알고 있었다. 제인은 이 사실을 아무에게도 말하지 않았다. 그는 갖은 애를 써가면서 말쑥하게 차려입었다. 이 또한 제인만이 아는 사실일 터였다. 차가 충돌한 뒤 불이 타올라서 신체가 훼손되었을 뿐 아니라 거의 타버리기까지 했으니까. 물건들은 남아 있어서, 제인은 복장 상태와… 신원을 알아보았을 것이다. 이니셜이 새겨진 담뱃갑과 인장 반지를 말이다. 차 자체는 그렇게까지 망가지지는 않아서 폴 셰링엄이 운전했다고 선

뜻 확신할 수는 없었다. 그는 거칠게 운전할 때가 많았다.

어쨌든 폴은 많이 늦었다. 엠마 홉데이는 처음엔 대수롭지 않게 여겼다가, 당혹감과 분노에 격렬하게 휩싸였을 것이다. 끔찍한 추측도 했을 것이다. 맙소사. 엠마는 벌떡 일어섰다. 예비 남편이 이날을, 이렇게 눈부신 날을 골라놓고는 바람을 맞히다니! 오늘 같은 날에 법 공부를 하다니, 어이없는 일이다! 폴은 집이 비는 기회를 포착하여 홉데이 양을 버리고 말았던 것이다! 그러고는 저 멀리 푸르른 곳으로 가 버렸다. 결혼이 2주밖에 안 남았는데, 약혼녀와의 결혼을 받아들일 수 없었던 것일까. 어렴풋이 다가오고 있는 의무를 받아들이기 싫었는지도 모른다. 폴은 이토록 어처구니없는 방식으로 자기 의사를 표현했다.

요컨대 홉데이 양은 아주 보기 좋게 차인 셈이었다. 홉데이 양은 분노에 가득 찬 상상에 사로잡혀 흥분하고 있는 자신을 느꼈다. 하지만 한편으로는 폴 셰링엄을 알기에, 그다운 행동이라는 생각도 했다.

그다음에….

아마 비치우드 저택의 하녀인 제인 페어차일드만이 이 장면을 '기록할' 것이다. 엠마 홉데이는 책에 가공되어 등장할 만한 인물은 아니지 않은가? 제인은 엠마라는 인물을 만들어내지 않았다. 엠마 홉데이 자신이 이 장면을 어떻게 기록할지는 알 수 없지만 말이다.

그다음에…. 그다음에 홉데이 양은 타인을 의식하며 앙증맞은 손목시계를 들여다보고 가만히 앉아 있었지만 속은 기분 나쁘게 부글부글 끓어오르고 있었다. 호텔 전화를 써도 되는지 물어보았다. 이 또한 창피한 일이었다. 홉데이 양은 세상의 중심에서 사는 부류였지만 그 세상이 그녀를 배신하고 약속된 미래를 망가뜨렸다. 우선 업리 저택에 전화했다. 받지 않았다. 울려대는 전화벨이 이렇게 말하는 듯했다.

'이 집은 비었고, 여기엔 아무도 없습니다. 듣는 사람도 아무도 없고요. 그럼 이만!'

그런 다음 홉데이 양은 이리저리 서성거리며 입술을 잘근잘근 깨물다가 밖에 나가서 심호흡을 했다. 사방팔방을 두리번거리다가 자기가 정말 미친 사람처럼 굴고 있다는 생각이 들어 결국 경찰에 전화했다. 엠마는 경찰이 도망치는 약혼자를 붙잡아 오거나 적어도 자신의 불명예를 씻어 줄 변명거리를 마련해 오기를 기대한 것이다.

그 무렵 경찰은 홉데이 양의 수사 요청에 응할 수밖에 없었다. 그렇다, 적어도 불명예는 씻어 줘야 했으니까.

엠마는 경찰에 이어 다른 곳에 또 전화를 걸고 싶어 했다. 스완 호텔 측은 충격에 휩싸인 여자를 도와주어야 했기에 얼마든지 전화를 걸 수 있도록 했다. 엠마는 헨리에 있는 조지 호텔에 전화해서 현재 벌어진 상황을 구구절절 쏟아내고 있었다.

다행히도 다들 조지 호텔에 있었다. 심지어 점심을 먹은 식탁에 앉아 셰리 트라이플[18]을 깨작대고 있었다.

그다음에 모든 이가 그날의 반전을 감당해야 했다.

점심 회동을 하지 않았다면 사고가 일어나지 않았을 것이다. 점심 회동을 했더라도 폴과 엠마가 가족과 함께 순순히 모임에 참석했더라면 사고가 나지 않았을 것이다.

그다음에 니븐 씨는 혼자 차를 몰고 여기로 되돌아왔다. 제인은 아직도 어딘가에서, 어쩌면 템스강둑 옆에서 어머니 없는 마더링 선데이를 만끽하고 있을지 모르고, 이 일에 대해 제인에게 전부 알려 줘야 하는 것도 아니었는데도 말이다.

"제인, 좀 앉겠나?"

앉을 곳이라고는 험버 안쪽밖에 없었을 것이다. 에셀과 아이리스가 그랬듯이 말이다. 하지만 제인은 기절하지 않으려 애썼다. 자전거 핸들을 꽉 붙들고 있었다.

※

가장 유력한 증거는, 폴이 무엇 때문에 꾸물거렸든 간에, 늦지 않으려고 했다는 점이다. 최대한 빨리 달린 게 분명했

---

18) 셰리 트라이플(Sherry Trifle): 셰리주에 재운 스펀지케이크에 커스터드, 과일을 층층이 쌓아 올리고 크림을 올린 디저트.

다. 더 좁고 구불구불하긴 해도 지름길인 샛길로 갔다. 다리 옆에 있는 철길을 건너면 큰 도로의 건널목을 건너뛸 수 있었는데, 아니나 다를까, 닫혀 있었던 모양이다.

폴은 철길을 건너가지 않았다.

폴은 능숙하게 속도를 내는 운전자인 데다 동네 샛길에 빠삭하기도 했다. 그러니 지름길을 잘 알았을 것이다. 볼링포드로 가고 있었다면, 철교 앞으로 가는 길에서 1킬로미터도 채 안 되는 거리에 분명 오른쪽으로 급커브 구간이 있다는 사실을 알고 있었을 것이다. 사실 꽤 위험한 모퉁이었지만, 도로를 설계한 측량기사와 지주는 그렇게 생각하지 않은 모양이다. 급커브 구간 꼭대기에는 거대한 오크나무도 있어서, 위험이 한눈에 감지되었다. 그런데도 폴 셰링엄은 곧장 달려들이받은 것이다.

햇살이 밝고 눈부시게 아름다운 날이었다. 급커브 구간에 가까워지는 동안 메마른 가지의 오크나무를 못 보았을 리 없다. 도로 표지판도 있었다. 이 구간도 분명 여러 번 다녔을 것이다. 브레이크가 고장났을 수도 있지만 차 상태를 봐서는 알 수 없었다. 아마 다른 차량은 연루되지 않았으니, 길 잃은 농장 동물을 피하기 위한 것처럼 단순한 요인 때문이었을지도 모른다. 하지만 그런 작은 사고를 막겠답시고 그렇게 큰 나무를 들이받았겠는가?

끔찍하고 '비극적'인 사고였다는 공식적인 결론이 났다.

이런 결론이 나온 이유는 단지 목격자나 반대 사실을 뒷받침하는 증거가 없어서가 아니었다. 모두가, 특히 지역 관리와 연줄이 있는 셰링엄 및 홉데이 가족이 바라는 바이기 때문이었다. 아무도 믿으려 하지 않을 것이다. 폴 셰링엄이 엠마 홉데이 양과 결혼식을 올리기 2주 전, 약혼녀를 만나러 차를 끌고 가던 도중에 사고가 아닌 다른 이유로 나무를 들이받았다는 사실을 말이다.

아버지 셰링엄 씨는 질문을 받은 순간, 아무런 의심도 하지 않은 채 아들이 출발했을 때는 특별한 날이라서, 업리 저택에 아무도 없었으리라고 말했을 것이다. 요리사뿐 아니라 하녀도 자기 어머니 댁에 가 있을 거라고 말했을 것이다. 이 사실 때문에 셰링엄 부인의 가슴이 다시금 떨렸을지도 모른다. 조사차 방문한 경찰은 질문을 할 만큼 했다는 생각에 수첩을 집어넣었을 것이다.

제인 페어차일드는 질문을 받을 이유가 없었다. 비치우드 저택 하녀일 뿐, 업리 저택 하녀가 아니었으니 당연한 일이다. 제인은 자전거에서 내렸을 뿐이고, 사고가 일어난 현장 근처에는 가지도 않았다. 그러고는 좀 일찍 돌아왔을 뿐이다. 니븐 씨는 제인이 현장을 보았기 때문에 하얗게 질렸다고 생각했을 것이다.

제인은 업리 저택에서 알몸으로 돌아다니는 동안 멀리서 들려오는 '쾅' 소리를 듣지 못했다. 어떤 창문으로 내다보든

간에 파란 하늘에는 얼룩 하나 없었다.

전화벨이 울리는 소리는 들었지만 말이다.

❦

니븐 씨는 제인을 붙잡지 않았다. 제인은 하얗게 질리기는 했지만 기절은 하지 않았다.

니븐 씨가 말했다.

"정말 미안하네, 제인. 자네한테 이런 얘기를 해서 미안하네."

안색이 변하는 자신을 의식하자 제인은 다른 사람이 된 듯 표정을 꾸며야 했을 것이다. 얼굴에 '나다우면 안 돼'라고 쓰여 있었다. 마치 자신이 엠마 홉데이가 된 것 같았다. 니븐 씨의 딸이 된 것 같기도 했다. 니븐 씨에게 딸이 없긴 했지만 말이다. 니븐 씨의 딸 역시 엠마 홉데이였다. 니븐 씨도 홉데이 씨였다. 이 이야기에 나오는 인물들은 모두 이렇게 혼란에 빠져들고 있었다.

왜 니븐 씨는 제인과 관련이 있으면서도 없는 혼란스러운 상황을 전부 제인과 연관 짓고 있는 것 같을까? 제인은 하녀일 뿐이었는데. 얼마 동안은 그마저도 아니었는데. 왜 제인과 니븐 씨 사이에 있었던 주인과 하녀로서의 질서가 흐릿해진 것 같을까?

　니븐 씨는 아내에게 말하고 있었는지도 모른다.

　"제인. 제인, 클라리사를, 그러니까 니븐 부인을 다른 사람들이랑 남겨두고 왔다네. 헨리에 말이야. 거기에 남아 있는 게, 돕는 게, 낫겠다고 하더라고. 물론 엠마, 그러니까 홉데이 양도 차를 끌고 거기로 갈 걸세. 그럴 수만 있다면 말이지. 다들 차를 끌고 홉데이 양한테… 그러니까 볼링포드로 가 봐야 하는지 고민했거든. 홉데이 양이 볼링포드에 있어서. 내가 얘기했나? 아니면 다들 홉데이 가족 집으로 가야 하나 고민했어. 다들 어디로 가야 하는지가 고민이야, 제인. 근데 난 여기 있어야겠다고 생각했다네, 제인. 난 여기 있다가…."

　"네, 주인어른?"

　"업리 저택에 가려고."

　"업리 저택에요?"

　"그래. 전화하려고 여기 먼저 온 거야. 전화는 방금 했다네. 막 가려던 참이었어. 클라, 내 아내와 통화했는데. 다들 아직 헨리에 있더군. 근데 홉데이 양을 만나기로 했대… 홉데이 가족 집에서 말이야. 그렇게 결정했다던데. 나도 그게 제일 나을 것 같아. 홉데이 양이 먼저 갈 거야. 셰링엄 부부는 아직 업리 저택으로 돌아가기 싫은 모양이야. 아직은. 이해가잖나. 난 이따 홉데이 저택으로 직접 차를 끌고 갈 걸세. 자네한테 이 모든 것을 다 다 설명할 수 있어서 다행이네, 아니,

미안하네. 근데 제인, 일찍 왔네…?"

"주인어른, 전 지금 그래도 된다면, 여기서 제 책을 좀 읽을 생각이었습니다."

"자네 책?"

"네."

"음, 그렇다면… 난…."

"괜찮습니다, 주인어른. 제 책은 안 읽어도 괜찮습니다."

"누가 업리 저택 하인한테 알려 줘야 하거든. 셰링엄 씨 말로는… 에셀이 자네 같은 일을… 하는 하인이라던데. 요리사는 아이리스고."

"하지만…."

"그래, 물론, 밀리처럼 자기 집에 갔겠지. 그래도 최대한 빨리 알아야지…. 상황을 말이야. 셰링엄 부부가 나한테, 아 맙소사. 폴이 오늘 아침에 둘 다 역에 데려다줬다고 하더군. 돌아올 때는 따로 올 거라던데. 아… 에셀이 제일 먼저 올 것 같고. 그래서 내가 업리 저택에 가서, 기다리려고 하네. 에셀한테 알려주려고."

"역이 아니고요, 주인어른?"

제인의 얼굴이 또 하얗게 질릴 일이었다.

"이런 이유로 가기에 좋은 곳은 아닐 수도 있지. 어쨌든, 가서 꼭 해야 할 일이 있는데… 이걸… 어떻게 말해야 하지, 제인?"

"무엇을요, 주인어른?"

"어쨌든 업리 저택의 상황을… 누군가가 확인해야 할 것 같아. 그러니까 폴이 그 집에서 나올 당시의 상황 말일세."

"하지만…."

"그래, 물론, 집에서 그냥 나갔겠지. 맙소사, 분명 법 공부를 했을 거야. 그래, 폴은 집에서 그냥 나갔겠지. 상황 같은 건 없을 거야. 그래도 난… 상황을 확인하는 사람이 있어야 한다고 생각하네. 셰링엄 가족이 마음의 준비를 해야 하잖나. 그러니까, 안심하게 해 줘야지. 아직 집으로 돌아갈 준비가 안 됐거든. 홉데이 양이랑 같이 있어야 한다고 생각하더라고. 그런데 생각해 보게, 제인, 그 사람들 심정을… 생각해 보게. 자네한테 방금 말한 걸 내가 하려고. 업리 저택 상황을 확인해야지. 셰링엄 부부가 폴이 나갈 때 집이 비어 있었을 거라고 하더군. 열쇠를 돌덩이 아래에 뒀을 거라던데…. 셰링엄 씨가 파인애플 모양 돌덩이라더군. 앞쪽 현관에 있대. 그래서…."

"그래서요…?"

"내가 업리 저택에 차를 몰고 가야겠네. 에셀을 기다리려고. 확인도…."

니븐 씨는 자기가 굳이 하겠다고 나선 일을 실행할 준비가 아직은 안 된 듯했다. 곤란한 것처럼 헛기침했다.

"제인… 부탁 좀 해도 되겠나?"

"저한테 무슨 부탁을요, 주인어른?"

제인은 아직도 자전거 핸들을 꽉 붙들고 있었다. 옆에 선 채로 브레이크 레버까지 꼭 쥐고 있었다.

"나랑 같이 가 달라고 말일세."

"주인어른하고 같이요?"

"물론, 나도 아직은 자네의 날이라는 걸 알고 있네. 자네가 원한다면, 그러니까 자네의 책을 읽길 원한다면…."

"주인어른 책이죠, 주인어른." 제인은 왜 자기가 니븐 씨의 말을 고쳐주었는지 알 수 없었다.

"그렇지."

니븐 씨가 잠시 얼굴을 일그러뜨렸다. 꼭 미소를 지으려다가 감정이 바뀐 듯했다.

니븐 씨는 흐느끼려고 했던 것일까? 자기 아들도 아니고 얽히고설킨 이웃 주민일 뿐이었는데 말이다.

"네, 주인어른. 같이 가겠습니다."

"고맙네, 제인. 마음씨가 참 곱구먼. 자네가 업리 저택 안에 들어가 본 적은 없겠지만…."

"주인어른, 괜찮으시다면, 우선 안에 들어가서 물 한 잔 마셔도 될까요?"

"그럼… 물론이지. 이해해 주게나. 너무 큰 충격을 받아서 그래. 온종일 자전거를 타고 돌아다녔나 보군! 그래, 그래, 물론 자네도 마음을 가라앉히고 기운을 차려야겠지. 이해해

주게나. 제인, 난 여기, 차 옆에 있을 테니 준비되면 나오게."

※

집에 들어가자 제인은 감정이 올라왔지만 오열하지 않으려고 꾹꾹 누르며 찬물을 벌컥벌컥 마셨다.
아마 5분쯤 지났을 것이다. 많은 것이 달라졌다. 전에 없던 일이었다. 니븐 씨가 제인을 기다린다니? 심지어 차 옆에 서서 기다리다가, 제인이 다시 오니 가죽 배색이 있는 차문을 열어주기까지 했다. 제인은 다시 한번 에셸과 아이리스를 떠올렸다.
니븐 씨와 제인은 차를 타고 업리 저택으로 갔다. 먼 거리는 아니었다. 니븐 씨는 아주 느릿느릿 조심스럽게 운전했다. 가고 싶지 않은 약속에 나가는 듯했다. 둘은 말문을 열기가 힘겨웠다. 그렇다, 제인은 에셸이 된 것 같았다. 에셸이 되었는지도 모른다.
마침 에셸이 먼저 와 있었다. 고분고분하고 착실한 에셸은 자유의 날을 즐길 준비가 안 되어 있기라도 한 듯, 시간 맞춰 돌아와서는 셰링엄 가족에게 차를 내어줄 준비를 해놓기로 마음먹은 듯했다. 혹시라도 셰링엄 가족이 일찍 돌아와서 차를 달라고 할 수도 있으니 말이다. 에셸이 어머니와 보낸 '날'은 분명 몇 시간뿐이었으리라. 자기 나름대로 더는 눌러앉기 싫은 이유가 있었겠지. 에셀은 3시 42분 기차에서 내린 다음, 그냥 걸어왔을 것이다. 1.6킬로미터가 좀 넘는 거리였다. 들판을 거쳐서 오는 지름길도 있었다. 태양은 짙은 금빛으로 바뀌고 있었으리라. 앵초는 얼굴을 빼꼼 내밀고, 토끼는 깡충깡충 뛰었을 테고. 동작이 잰 에셀은 20분밖에 안 걸렸을 것이다. 에셀에게는 그날 하루 중에 그 20분이 최고의 시간이었을지도 모른다.

니븐 씨와 제인이 업리 저택 진입로를 올라가는 동안, 제인은 라임나무 사이로 숨길 수 없는 흔적을 보았다. 바로 위층 창문이었다. 제인만 알아볼 수 있는 흔적이었다. 창문은 닫혀 있었다. 누군가가 닫은 것이다. 에셀이 아니면 누구겠는가? 에셀이 침실에서 창문을 닫은 것이다.

그렇게 계속 진입로를 올라가는 동안, 제인은 니븐 씨 귀에 들리도록 숨을 헉 내쉬었다. 니븐 씨는 괴로울 때 으레 내는 소리로 여겼을 것이다. 둘이 같은 생각을 한 게 틀림없을 테니까. 폴 셰링엄이 불과 몇 시간 전에 이 진입로를 어떻게 내려왔을지에 대한 생각 말이다. 그것도 마지막으로 말이다. 그래서 니븐 씨가 "그래, 끔찍한 일일세, 제인"이라고 말했을 것이다.

제인은 올라오는 감정을 견디지 못해 숨을 헉 내쉰 게 맞긴 했지만, 니븐 씨의 반응에 약간의 안도감이 들었다. 그때 말고는 아무 감정도 드러내지 않았다.

태양은 이제 집과 자갈밭에서 멀어지고 있었다. 니븐 씨와 제인이 차에서 내리자, 한낮에 느껴지던 열기와는 달리 냉기가 확연하게 느껴졌다. 니븐 씨는 '파인애플 돌덩어리'를 찾으려 두리번거리고, 제인은 혹여 손가락으로 위치를 가리키거나 무엇인가를 알려주게 될까 봐 꾹 참는 동안, 평소처럼 에셀이 문을 벌컥 열었다. 손님이 온 것을 알았을 것이다. 집 안에서 차 소리를 들었을 땐 세링엄 부부가 돌아왔다고 생각했을 것이다. 에셀은 현관에서 압도적인 기세로 업리 저택 전체를 지키고 있는 듯했다.

제인은 에셀이 문을 여는 모습을 보면서 폴이 이 문을 열어주던 순간을 떠올렸다.

"니븐 씨…?"

에셀은 놀라움과 침착함이 뒤섞인 채로 용기를 냈다. 니븐 씨가 제인 아무개라는 비치우드 저택 하녀와 함께 왔다는 사실이 혼란스러워서 받아들이지 못하는 상태였다.

오늘은 하녀라면 다 차를 얻어 타는 날이라도 된단 말인가?

니븐 씨가 물었다.

"자네가 에셸 맞는가?"

이 상황에 대한 기억 또한 혼란스러웠다.

제인은 후에 당시 상황을 떠올리려 애를 썼지만 기억의 혼란이 왔다. 니븐 씨가 현관 앞에 선 채로 사고에 대해 에셸에게 알려주었던 기억도 혼란스러웠다. 그 끔찍한 이야기를 꺼냈음이 분명하지만 집 안에 들어가 찬찬히 얘기하지는 않았을 것이다. 니븐 씨가 에셸의 주인은 아니었던 만큼 에셸에게 안에 들어가서 앉으라는 말을 할 수는 없었다.

에셸은 갑자기 변했다. 어쩌면 에셸의 참모습이 나타났는지도 모른다. 제인은 자기도, 폴 셰링엄도 에셸이라는 사람을 완전히 잘못 봤을 수도 있다는 점을 미처 알지 못했을 것이다.

에셸은 니븐 씨가 다시 말하려고 애를 쓰는 와중에도 제인을 뚫어지게 바라보았다. 마치 본인, 그러니까 에셸 블라이 자신은 다 알고 있다는 듯한 눈빛이었다. '우리 하녀끼리는 서로 도와야지, 우리는 서로의 처지를 잘 알잖아?'라는 의미를 담고 있는 듯한 눈빛이기도 했다.

에셸은 당황하는 기색 없이 담담한 표정을 지었다. '넌 여기 왜 왔니? 왜 주인이랑 같이 다니지?'

제인은 에셸 뒤에 있는 현관과 복도에 진 그림자 사이로 보이는 탁자와 우묵한 그릇에 꽂힌 하얀색 난초 송이를 알아보았다. 그것들이 여전히 그 자리에 있다는 사실이 믿기지 않았다.

"끔찍한 소식이 있다네, 에셀. 에셀이라고 불러도 되겠나?"

니븐 씨가 운을 뗐다.

"네, 나리."

에셀은 그렇게 선 채로 사고 이야기를 들었다. 꿈쩍 않는 근위병처럼 앞쪽 현관에 서 있었다. 완전히 준비된 듯했다. 이 집에 엄청나게 큰 재앙이 닥친 이상, 어떤 습격도 더는 용납하지 않을 태세였다. 니븐 씨는 아직도 아래쪽 자갈밭 위에 있었는데, 에셀의 꿋꿋한 태도를 보자 조금 위축된 듯 보였다.

"그럼 오히려 다행이네요, 나리. 제가 일찍 왔으니 도와드리면 되니까요. 뭔가 잘못됐다는 걸 직감했나 봅니다. 제가 필요하겠다고 말이에요. 주인 어르신들께서 어쩔 줄 모르고 계시겠네요. 이런 일을 또 겪으셨으니까요."

에셀은 일부러 '또'라고 말했다.

"돌아오시면 제가 여기 있을게요. 요리사가 오면 제가 전하겠습니다. 제가 전화를 받아야, 아니 걸어야 한다면… 전화하겠습니다."

"에셀…."

에셀은 말을 이었다. 평소와는 달리 누가 말을 걸었을 때만 말해야 한다는 원칙을 깨고 있었다.

"제가 벌써 정리했습니다. 폴 씨 방도 정리했어요….”
"에셀, 바로 그게 중요하다네.”
"중요하다고요, 나리?”
"자네한테 물어볼 게 있네… 뭘 좀 확인하려고 여기에 왔거든….”
니븐 씨는 당황했다.
"폴 씨 방에, 뭐라도 있었나?”
"뭐라도요? 무슨 뜻인지 모르겠습니다, 나리.”
"쪽지 같은 거 말일세, 에셀. 뭐라도 적어뒀나 해서.”
"아닙니다, 나리. 적어둔 건 아무것도 없었습니다. 그런 게 있다고 해도 제가 읽지는 않았을 테고요, 나리.”
에셀은 그다음에 '말씀 다 끝나셨나요, 나리?'나 '그게 나리랑 무슨 상관이죠?'처럼 멋진 말이라도 할 것 같았다.
"그럼…. 알겠네, 에셀. 알… 겠네.”
"괜찮으세요, 나리? 차나 뭐라도 좀 드릴까요?”
"아닐세, 고맙네, 에셀. 자네는 괜찮나? 우리랑… 같이 가겠나? 아니면 제인이 여기에 같이 있으면 어떻겠나?”
이것은 제인으로서는 전혀 예상하지 못한 전개다. 이 저택에 다시 들어가 에셀과 함께 머무르다니! 그렇다고 지금 가타부타 말할 수 있는 상황도 아니지 않은가. 제인은 자포자기하는 심정으로 에셀이 결단을 내려주길 기다렸다.
"아닙니다, 나리. 전 괜찮습니다. 감사합니다.”

에셀은 니븐 씨를 쳐다보지도 않고 말했다. 하지만 자신과 '같은 일을 하는 하녀'만큼은 똑바로, 눈빛도 흔들리지 않고 바라보았다.

가장 근엄하면서도 가장 너그러운, 부모 같은 표정이었다.

제인이 많은 것을 알 수는 없었다. 그래도 셰링엄 가족이 돌아올 때쯤, 에셀이 폴 씨의 방을 꼼꼼하게 '정리했다'는 사실만큼은 확실히 알 수 있었다. 내던져 놓은 바지와 침구를 말이다. 시트도 갈았다. 후에 에셀은 그 방에서 잔 사람은 아무도 없었다는 생각을 하게 될 것이다. 걸은 시트를 빨래 바구니에 넣은 다음, 월요일에 받을 동전을 기다리고 있었을 것이다. 부엌 식탁은 그냥 요리사 아이리스를 돕는 차원에서 말끔하게 치웠을 것이다. 모두 원래 있어야 하는 위치로 되돌려놓았다.

에셀은 언젠가 《진실을 알게 된다면》이라는 제인의 소설에서 비중이 작지 않은 조연으로 나오게 된다. 제인은 소설을 통해 에셀을 변신시킴으로써 에셀에게 감사를 표했다. 소설에서 에셀은 실제와는 다르게 존경을 받는다. 이름은 에셀이 아닌 에디스가 된다. 에셀과 다소 다르고 하녀도 아니지만, 주변부에 있는데도 모든 것을 꿰뚫고 있는 인물로 나오게 된다. 에셀은 이런 '진짜 특성'이 대부분 드러나지 않으며, 눈에 띄지 않는 인물이 된다. 이들은 실제 세상에 존재하는 인물이다. 제인, 그러니까 작가는 소설 속 인물을 창조하는 데 활용할 때쯤, 이런 인물들이 존재한다는 것이 인간과 삶에 있어서 보편적인 진리라는 사실을 알게 될 것이다.

셰링엄 가족과 요리사 아이리스가 도착하기 전, 중간에 비는 시간에 에셀이 다시 그 집에 홀로 남아 무엇을 했는지, 무슨 생각을 했는지, 무슨 상상을 했는지, 어떤 감정을 느꼈는지 제인은 알지 못할 것이다. 이윽고 경찰이 나타나 의례적인 질문을 할 때 역시 마찬가지일 것이다.

에셀은 어머니에게 고맙다는 쪽지 하나 제대로 쓰지 못했을 것이다.

니븐 씨와 제인은 다시 차를 타고 갔다. 해가 지면서 하늘은 주황빛이 되어갔다. 오후가 사그라들고 있었다. 공기는 상쾌했다. 아직 3월밖에 안 되었다. 에셀은 분명 불도 지피고 있을 것이다. 그런 상황에서는 난롯불로 집을 따뜻하게 데우는 게 제격이니까. 제인도 비치우드 저택에서 다시 하녀가 되면 바로 할 법한 일이다.

제인은 지금 어떤 존재인 것일까?

니븐 씨가 기나긴 침묵 끝에 말했다.

"책 읽는 걸 방해해서 미안하네, 제인. 시간을 빼앗아서 미안해. 요즘 무슨 책을 읽는다고 했지? 내가 까먹었구먼."

"괜찮습니다, 주인어른. 별것도 아닌데요."

제인은 니븐 씨 옆 조수석에 앉아 있었다. 남편이 운전할 때면 부인이 앉는 자리였다. 제인은 울음을 터뜨리지 않으려고, 침착하게 있으려고 꾹꾹 참았다.

니븐 씨가 '저녁에 휴가를 주겠네. 뜨끈뜨끈한 물에서 오랫동안 목욕하게'라고 하면 좋으련만. 하지만 하녀는 절대 뜨끈뜨끈한 물에서 오랫동안 목욕하거나 예고에 없던 저녁 휴가를 받는 법이 없었다. 이미 휴가를 받은 날에는 더더욱 그랬다. 제인은 이제 곧 다시 일을 해야 할 것이다. 적어도 에셀 정도만큼은 강인해져야 할 것이다.

석양 무렵 살구빛과 엷은 녹색의 금빛 세계는 믿을 수 없을 정도로 아름다웠다.

또다시 기나긴 침묵이 흐른 뒤, 니븐 씨가 말했다.

"총 다섯 명일세, 제인."

제인은 니븐 씨의 말뜻을 명확히 알아차렸다. 하지만 평소에 하녀가 모든 일에 그저 말로만 알겠다고 하듯이 "네, 주인어른"이라고 답했다.

니븐 씨는 비치우드 저택 앞 굽이진 길에서 차를 돌리

고, 시동을 끄더니, 제인에게 와락 기대어 아이처럼 울었다. 그것도 엉엉 울었다. 제인의 가슴에 머리와 얼굴을 파묻기까지 해서, 제인은 펼친 책을 가슴에 꾹 누른 게 언제였는지 기억을 더듬었다. 고작 오늘 오후였던가?

"정말 미안하네, 제인. 정말 미안해."

니븐 씨가 말했다. 바로 그 순간에도 얼굴은 그대로 파묻고 있었다. 제인은 무심결에 니븐 씨의 뒤통수를 부드럽게 안아주며 말했다.

"정말 괜찮아요, 주인어른. 정말 괜찮아요."

제인이 정원 벤치에서 읽으려 했던 책의 제목은 《청춘》이다. 니븐 씨가 물어봤을 때 말하려고 했던 책이다. 제인은 막 '청춘'이라는 이질적인 언어를 소리 내어 말하게 됐을 것이다.

더 정확히 말하면 《청춘과 다른 두 이야기》였다. 어설프고, 따분하고, 어수선한 제목이었다. 비치우드 저택 서재에 있는 조지프 콘래드 책이라고는 이것뿐이었다. 《청춘》이라는 이야기는 제일 처음에 나오는데, 시작은 괜찮았다. 콘래드가 초창기에 경험한 내용과 '동양'이라는-환상, 전망, 사실, 환

각 같은-것과 처음 마주한 순간이 나왔다. 제인은 콘래드가 이런 주제를 자주 쓴다는 사실을 알게 될 것이다.

제인이 그날 마더링 선데이에 막 읽기 시작한 책이었다. 전화벨이 울리지 않았다면, 제인은 버크셔에 있는 화창하고 구석진 곳이나 비치우드 저택 정원에서 아무 방해 없이 그 책을 끝까지 읽었을 것이다. '다른 두 이야기'까지 읽었을 수 있다. 그중 하나는 《어둠의 심연》이었는데, 알고 보니 제인은 조지프 콘래드 소설에서 중요한 인물을 찾아냈는데도 그 이야기를 읽어낼 시간을 내는 데는 오랜 세월이 걸렸다. 어쩌면 무서운 제목 때문이었을지도 모른다.

제인은 콘래드의 소설이 지금껏 읽어 온 책들과는 다르다고 생각했다. 아직 받아들이지 못할 만한 부분이 있다는 느낌이 들었다. 《보물섬》이나 《유괴》는 읽으면서도 《지킬 박사와 하이드 씨》는 읽고 싶지 않은 것과 비슷한 느낌이었다.

제인은 '서사'라는 단어가 무척 마음에 들었다. 엄숙하고 믿음직스러운 단어였다. 하지만 왜 어떤 건 서사라 하고, 다른 건 그냥 이야기라고 하는지는 알지 못했다. 그 시절 제인이 가장 좋아한 단어는 '설화'였다. 그래서 제인은 콘래드 역시 설화를 좋아했다는 사실을 알게 되고는 반가워했다. 무언가를 이야기라고 하기보다는 설화라고 할 때 더 마음이 가는 느낌이 들었다. 설화는 어쩌면 그리 진실한 이야기가 아닐지도 모르며, 창작이라는 요소가 더 많이 들어 있을지도 모른다는 생각과 관련이 있다.

　설화에, 이야기에, 서사까지. 이 모든 언어들을 둘러싸고 늘 진실 뒤에서 빙빙 맴도는 의문이 있었다. 그러니 진실이 각 언어와 잘 어울리는지 말하기 어려웠을지도 모른다. '소설'이라는 말도 있었다. 바로 제인이 언젠가 다루게 될 것이었다. 소설은 진실을 완전히 거부하는 듯했다. 완벽한 소설! 하지만 분명하고 완벽한 소설에도 진실은 담겨 있었다. 이게 바로 문제의 핵심이자 수수께끼였다. 제인은 세 권을 모두 읽고 나서, 《지킬 박사와 하이드 씨》가 《보물섬》이나 《유괴》보다 더욱 진실하다고 생각했다. 가장 이상하고 가장 무서운 작품만 모아놓았다고 생각할 사람도 있겠지만 말이다.

　'설화를 들려준다'라는 건 완전히 거짓말을 지어낸다는 느낌이 들 수도 있다. '모험담을 늘어놓는' 것처럼 말이다. 사실 '모험담'이야말로 제인이 비치우드 저택 서재에서 처음 이끌린 모험 이야기책에 딱 맞는 언어 같았다. 그렇다 보니 그런 책이 과연 진실한지 의문을 품는 건 쓸모없는 일이었을 것이다. 모험 이야기책은 모험담이었다. 모험담이라는 단어 자체에서 남자와 바다라는 짭짤하고 싸한 냄새가 났다. 제인이 그토록 많이 읽은 '남자들' 책은 바다로 가는 것과 관련이 있었다. 항해하거나 미지의 나라로 말이다. 그게 바로 모험의 본질이자 남자라면 모두 하고 싶어 하는 일인 듯했다. 조지프 콘래드도 바로 그런 남자 같았다.

제인은 '청춘'이라는 말도 마음에 들었다. 더 정확히 말하면 그 말에 자극받았다. 확실히 설화나, 이야기나, 서사나, 모험 이야기 제목 같지는 않았으니까. 그저 관념에 좀 더 가까운 듯했다. 하지만 비치우드 저택 서재에서 처음으로 《청춘》의 책장을 넘기던 순간, 원래부터 자신에게 익숙했던 항해와 모험담으로 가득 차 있다는 생각이 들었다. 니븐 씨네 아들들이나 그 당시 청년도 그렇게 생각했을 것이다. 니븐 씨의 아들이 그 책을 조금은 읽었을지 몰라도 그리 많이 읽지는 않았을 것이다. 회전식 서가에 있던 다른 책과는 달리 《청춘》은 여전히 새것같이 깨끗했다. 짙은 파란색으로 'J. 니븐, 1915년 10월'이라는 글도 새겨져 있었는데, 어제 썼다고 해도 될 정도로 갓 쓴 느낌이었다. 바로 그게 제인이 그 책을 집어 든 또 다른 이유였을 것이다.

제인은 사람들이 보통 콘래드를 '도전하는 작가'라고 부른다는 사실을 알게 되었다. 《어둠의 심연》…. 아마 J. 니븐도 그렇게 생각했으리라. '도전하는 작가'는 아직 제인이 작가를 평가할 때 쓰는 어휘는 아니었다. 언젠가 자신에게 적용되리라고 상상할 법한 표현도 확실히 아니었다. 칭찬하는 뜻으로 붙이는 표현이라면 받아들이겠지만. 반어법으로 쓰는 사람도 물론 있었다. '정이 안 간다'는 뜻을 그런 식으로 돌려 말했으니까. 글쎄 그건 젠장할, 그 사람들이 문제였다.

"콘래드요."

제인은 귀찮을 정도로 되풀이되는 질문을 받으면 그렇게 답하곤 했다.

"아 콘래드였어요."

만난 적이 있는 사람 이야기를 하는 것 같았다. 어떤 의미에서는 만나긴 했다.

"아 콘래드요. 전 항해 이야기라면 다 좋아했어요."

"하지만 남자들이 보는 책의 작가가 아닌가요?"

"무슨 말씀을 하시려는…?"

청춘이라는 단어가 좋았던 또 다른 이유는 제인이 그때 청춘이었기 때문이다. 제인은 '청춘'이었다. 하지만 '청춘'에는 '모험담'처럼 남성적이라는 편견이 강하게 깃들어 있곤 했다. 남자가 '청춘'이라면, 여자는 무엇이라 할 수 있을까? 1924년에는 모든 일에 남성적인 편견이 담겨 있었다.

어쨌든 청춘은 어디에서 시작해서 어디로 변해가는지 의문이 들었다. 청춘이라는 단어에는 이를 수용할 수 있도록 고무처럼 질긴 특성이 있는 듯했다. 하지만, 물론, 아직 스물두 살이었다. 1924년에는 시대마저도 아직 청춘이었다…. 그런데 사실은 그렇지 않았다. 청춘은 싹둑 잘려 나갔다. 청춘이란 바로 시대가 잃어버린 것이었다.

그렇다, 물론, 1924년 무렵, 콘래드는 틀림없이 구닥다리였다. 이미 시대에 뒤떨어졌다. 배를 타고 항해한다고? 동양이 이국적이라고? 당시 세상에서 무슨 일이 일어나고 있었는지 그가 몰랐단 말인가?

※

콘래드는 정말 그런 사람이었다. 1924년 마더링 선데이 밤, 그럴 만한 이유가 있어서 도저히 자거나 쉴 수가 없었던 제인은 다시 조지프 콘래드의 《청춘》을 집어 들었다. 달리 뭘 했겠는가? 울고 또 울었을까. 제인은 작은 침대 판자에 있었다. 보통 자신에게서 도망치거나 삶의 골칫거리에서 벗어나고 싶을 때 책을 읽지 않는가?

《청춘》은 모험 이야기이면서 아니기도 했다. 다른 책과는 달리 어딘가 특별했다. 늙은 떠돌이 남자 다섯 명이 탁자에 빙 둘러앉아 이야기를, 그러니까 모험담을 늘어놓는 내용이었다. 각자 다르게 살아오긴 했지만, 다들 청춘 시절에 바다에 나간 적이 있다. 제인은 주름이 자글자글한 남자들이 탁자에 앉은 모습을 떠올렸다. 그중에서 말로라는 인물이 자기 이야기를 했다. 진짜 모험 이야기는 아니었다. 오래된 배에 늘 불운이 따르는 탓에 음침한 앞바다에만 머물 뿐 멀리 떨어진 곳에는 한 번도 못 간다는 내용이었다. 하지만 어느 날, 이야기가 끝날 무렵이자 동시에 또 다른 이야기가 시작되는 순간, 배는 드디어… 동양을 향해 가게 된다.

《청춘과 다른 두 이야기》를 다 읽고 《어둠의 심연》까지 겨우겨우 읽고 나서, 제인은 콘래드 책을 더 읽고 싶어졌다. 《어둠의 심연》은 전에 읽은 책과는 전연 딴판이라고 느껴질 만큼 흥미로웠다. 그래서 레딩에 있는 서점에 편지를 쓴 다음, 우편으로 책을 받았다. 니븐 씨가 준 반 크라운이 아직 남아 있었다. 다른 반 크라운을 모아 둔 것이야 말할 필요도 없었다. 제인은 마을에서 우편환을 살 수 있었다. 이렇게 적극적으로 서점과 거래하면서, 제인은 어쩌면 이런 생각도 품었을 것이다. '서점이다, 서점…'

제인은 《로드 짐》이라는 책을 샀다. 《청춘》과 비슷하면서도 훨씬 길고 흥미로웠다. 《로드 짐》은 '설화'였다. 여기에 말로라는 남자가 또 나왔다. 말로는 콘래드의 페르소나라는 생각이 들었다. 다음에는 《비밀 요원》이라는 책을 샀다. 전혀 다른 내용이었다. 동양을 배경으로 하지 않았고 배도 등장하지 않았다. 지저분한 런던 거리가 배경이었다. 그래도 미지의 세계이자 어쩌면 위험한 영역에 들어가는 기분은 계속 들었다. 이 단어를 알았다면 제인은 '콘래드 풍'이라고 했을지도 모른다.

그 무렵 제인은 콘래드 자체가 비밀 요원 같은 사람이라서 세상 사이사이로 슬쩍슬쩍 다니리라 생각했다. 작가라면 다들 비밀 요원이라고 말할 때도 있었다. 제인이 이 이야기를 하진 않겠지만 어쩌면 진실은 다 비밀 요원일 것이다. 그게 바로 우리 모습이었다.

아무튼 제인은 《비밀 요원》을 읽을 때쯤, 어리석다 할 수도 있겠지만, 작가가 되겠다는 비밀스러운 꿈을 키웠다. 비밀을 품는 게 낯설지 않기도 했다.

제인은 콘래드가 진짜 이름이 아니라는 사실을 알게 되었다. 그는 원래 폴란드 사람이었다. 그러니까 콘래드의 이름은 제인과 약간 비슷했다. 필명도 아니고, 그저 '영어' 이름일 뿐이었다. 깜짝 놀랄 만한 사실은, 바로 조지프 콘래드가 모든 책을 쓸 때, 글 쓰는 법만 배운 게 아니라, 새로운 언어를 통째로 배웠다는 점이었다. 대단한 일이다. 넘을 수 없는 장벽을 넘어버린 것이나 마찬가지다. 제인은 어쩌면 그것이 더욱 위대한 일이자 위대한 업적이며, 진정한 모험이라고 생각했다. 청춘 시절에 항해를 다니는 일보다도 더 위대하고, 동양에 가는 일보다도 더 가슴 설렌다고 생각했다.

제인도 작가가 되려면 그렇게 해야 할 터였다. 넘을 수 없는 장벽을 넘어야 했다. 제인 역시 이를 이해하게 되었다. 언어를 찾아야 했다. 자신만의 언어를 찾으면, 그런 언어를 찾으면, 글쓰기란 정말 무엇인지 알게 될 터이다. 하지만 이런 말을 인터뷰에서 하지는 않았다. 지나치게 솔직한 얘기였으니.

"콘래드요, 아 네. 특별했죠."

제인은 꼭 옛 연인 이야기를 하듯이 말했을 것이다.

사실, 제인은 비치우드 저택에서 마지막 달을 보내고 '옥스퍼드에 가기' 전에, 가슴이 설레었다. 폴란드에서 태어나 항해를 떠났던 조지프 콘래드가 그때까지 살아있었으며, 그리 멀지도 않은 잉글랜드 어딘가에 있다는 사실을 알게 되었기 때문이다. 그러나 설렘은 오래 가지 못했다. 1924년 8월의 어느 아침, 신문을 반듯하게 펴서 니븐 씨의 아침상에 올리기 전에, 조지프 콘래드가 사망했다는 기사를 읽었기 때문이다. 제인은 불현듯 충격에 빠졌다.

사실, 제인은 조지프 콘래드의 사진, 그러니까 노년기 사진을 보고 나서 사랑에 빠지고 말았다. 제인은 인터뷰에서든 누구에게든 이 이야기를 하지 않았다. 사진 속 콘래드의 위엄과 수염, 그리고 표정은 꼭 아득히 멀고 깊숙한 곳을 보고 있는 듯했다. 제인은 가끔 콘래드와 함께 침대에 누우면 어떨지 상상해 보기도 했다. 그저 콘래드 옆에 누워서, 아무 말도 하지 않고, 알몸인 채로, 늙어가는 콘래드와 함께 위를 올려다본다. 담배 연기가 천장으로 올라가더니 서로 어우러지는 광경도 바라본다. 마치 꼭 둘 중 하나가 찾아내는 어떤 언어보다 담배 연기에 훨씬 더 위대한 진실이 담겨 있기라도 한 것처럼.

동양의 산들바람이 처음으로 얼굴에 닿았다. 절대 잊지 못할 것이다.

※※※

제인은 작가가 되었다. 책을 쓰게 되었다. 소설 열아홉 권을 쓰게 되었다. '현대 작가'도 되었다. 그런데 얼마나 오랫동안 '현대'로 남을 수 있을까? '현대'는 '청춘'이라는 단어 같았다. 어쨌든 글쓰기란 그런 것이다. 현대풍이라고? 제인은 시대와 변화를 읽고 이를 글로 쓸 줄 알았다. 제인은 아흔 살이 넘도록, 거의 백 살까지 살았다. 늘그막에 장난기 넘치는 면모를 드러내며, 다시 사람들 앞에 등장할 때마다 과거 자신의 이름-'여든 살의 제인 페어차일드'와 '아흔 살의 제인 페어차일드'-을 마치 이들이 한때 실제로 자신의 친구였던 것처럼 언급하곤 했다.

모든 상황. 모든 실존 인물과 책에 나오는 모든 인물. 그중간에 있었던 모든 인물. 그 사람들만이 머릿속에서 그려 보며 상상할 수 있는 진짜 사람이기 때문이다. 제인이 어머니를 머릿속에 그려 보려고 할 때처럼 말이다. 진실은 언제나 상상 속에서만 존재하는 것일지도 모른다. 어쩌면 그 일이 마법처럼 펼쳐졌을지도 모른다. 붉은 원반 같은 태양이 떠오르던 그 잿빛 언덕에 제인과 폴이 나란히 서서 판당고를 바라보던 일 말이다. 태양은 차가운 새벽 공기 속에서 타오르는 불처럼 언덕을 뒤덮고 판당고는 두 사람 가까이 다가와 콧구멍을 벌름거리며 콧김을 내뿜고 말발굽 소리를 쿵쿵 내는 일 말이다. 제인은 영원토록 이 느낌을 간직해 왔는지 모른다.

네 번째 다리? 네 번째 다리의 주인은 제인이었다.

제인은 책을 통해 많은 이야기를 들려주었다. 후에 마음이 편해진 시절에는 자기 인생 이야기까지 꾸밈없이 들려주기 시작했다. 진실인지 거짓인지 가려내지 못할 방식이었다. 그래도 제인이 절대 말하지 않을 법한 이야기가 하나 있다. 제인도, 결국 에디스가 된 에셀이 그랬던 것처럼 완벽하게 침묵을 지킨 일이 몇 가지 있었다. 제인은 탁월한 이야기 꾼이었던 조지프 콘래드가 자기 옆에 누워있는 것을 상상하면서 침묵을 지켰다. 근사하리만큼 공허한 남자의 껍질처럼 말이다.

이야기를 들려주고, 설화를 들려주는 일. 그건 늘 거짓말과 맞바꾸는 일을 함축했다. 제인에게는 늘 핵심과 마음과 골자로 다가가는 일이었다. 진실을 말하는 것과 맞바꾸는 일이었다. 도널드의 일이기도 했다. 가엾은 도널드는 40년, 50년 전에 제인 곁을 떠났다.

인터뷰에서 헛소리를 하고 교묘한 속임수를 쓰는 건 할 만큼 했다. 그렇다면 진실을 들려준다는 건 정확히 뭐였을까? 인터뷰 진행자는 늘 설명마저도 설명하길 바라곤 했다! 작가라면 누구든 간에 어렵지 않게 진행자를 이끌고 놀리고 속일 재간이 있었다. 진실을 들려준다는 건 바로 삶에서 중요한 것에 충실하려 하고, 살아있다는 느낌을 붙들려고 하는 일이었다. 한계가 있다고 해도 말이다. 그것은 언어를 찾는 일이기도 하다. 한 가지 일은 다른 일에 이어질 뿐이며, 삶에는 절대로 설명할 수 없는 것이, 우리가 생각하는 것보다 훨씬 더 많다는 사실을 충실히 받아들이는 일이기도 하다.

옮긴이의 말

　이 소설을 전반부와 후반부로 나눈다면 그 경계는 92쪽일 것이다. 인터뷰 장면이 처음 나오는 대목이고 전체 60개 단락 중 딱 절반에 해당하는 서른한 번째 단락이다.
　전반부는 과거 회상이 주 내용이다. 여기저기 뒤섞이고 분실된 기억의 퍼즐 조각들을 되는대로 맞춰가듯, 제인의 기억과 상상, 제인이 보고 느낀 것들을 느슨한 플롯으로 나열해 놓은 듯한 구성이다. 친절하지 않은 구성과 문장 배열이 보이고, 맥락에서 벗어나는 내용이 중간중간 튀어나오기도 한다. 여러 번 읽어도 이해되지 않는 부분도 많다. 잠꼬대 하듯 웅얼거리는 듯한 문장들도 있다. 오랜 과거의 일을 인과관계에 착착 들어맞게 재연할 수 있는 사람은 없을 것이니, 인간의 사고 패턴을 따르고자 하는 작가의 의도일 수도 있다.
　인터뷰 장면이 처음 나오고부터 후반부를 지나 소설 전체를 다 읽고 나면 거대한 서사시와 같은 한 사람의 일생이 보인다. 오솔길 지나 대평원을 만나듯, 단 하루에 대한 기억을 따라가다가 한 사람의 인생 전체를 마주치게 되는 구성이다.

또 기억의 재구성에 대한 서사이자, 한 작가의 탄생과 성장과 완성에 이르는 90여 년에 걸친 시간의 압축이다. 제인 페어차일드라는 아무것도 아닌 아이, **고아이자, 하녀이자, 어쩌면 창녀로 살았던**(p.33) 열일곱 아이가 작가가 된 계기, 꼭꼭 숨겨둔 그 이유를 하나씩 꺼내준다. 친절하게 조목조목 알려주지는 않지만 기회와 선택의 모멘텀이 분명하게 나타나 있다. 다음은 **제인이 제일 좋아하는 곳이자, 도둑 아닌 도둑을 가장 반갑게 맞아주는 곳인**(p.89) 서재에서 **마치 세상에 처음 나온 날처럼 실오라기 하나 걸치지 않은**(p.113) 채 벌거벗은 신데렐라로서 제인이 스스로 도달하게 되는 자아 각성에 대한 은유를 공들여 묘사한 장면이다.

> 제인은 앞에 있는 선반에서 책을 한 권 꺼내 책장을 펼쳤다. 그다음에는 왜 그랬는지 말로 표현할 수는 없지만, 책을 맨살의 가슴에 대고 꾹 눌렀다. 《유괴》라는 책이다. 아는 책이다. 비치우드 저택 서재에서 이 책의 사본을 읽었다. 책에는 '데이비드 밸푸어의 방랑' 지도가 있었다. '내 모험 이야기를 시작하겠다…'라는 말도 있었다.
>
> 제인은 책을 가슴에 대고 꾹 눌렀다가 제자리에 꽂아두었다. 아무도 모를 것이다. 아무도 그 책에 감춰진 방랑과 모험 이야기를 모를 것이다. 아무도 위층 시트에 있는 '지도'를 모를 것이다. (p.94~95)

가장 중요한 진실, 즉 **실제로 작가가 되거나 그렇게 될 씨를 정말로 심은 건 아주 따뜻했던 3월의 어느 날이었다는**(p.113) 사실을 어느 누구에게도 말하지 않는 노회한 작가인 제인 페어차일드, 소설 열아홉 권을 쓰고 중요한 상을 여럿 탄 대 작가이자 인터뷰어를 들었다 놨다 하는 베테랑 작가로서의 면면은 후반부에 이어지는 삶의 과정과 함께 드러나 있다.

첫 단락에서 던진 "네 번째 다리의 주인은 누구인가?"라는 질문에 대한 답은 마지막 단락에 있지만, 그것이 갖는 의미에 대해서는 명시되지 않고 있으며 쉽사리 떠올려지지도 않는다. 도대체 네 번째 다리의 주인이 된다는 것이 무슨 의미란 말인가. 경주마 판당고의 네 번째 다리라는 것이 어떤 의미인지, 경주마를 가족들이 나눠 소유한다는 것은 또 무슨 의미인지, 하녀인 제인이 다리의 또 다른 주인이 된다는 것은 또 무슨 의미인지에 대해 생각을 펼쳐보는 것은, 작가가 이 소설을 쓴 저변의 동기와 주제에 다가가는 길일 것이다. 귀족이라는 지위일까? 명예일까? 아니면 부와 권력? 귀족 사회의 문화적 전통일까? 잃어버린 세대일까? **싹둑 잘려 나간 청춘, 시대가 잃어버린**(p.159~160) 청춘일까? 알 수 없는 삶의 신비일까?

스위프트의 문장을 번역하는 것은 시간과 노력을 많이

들여야 하는 작업이었다. 가장 영어적인 표현이기에 가장 한국어적인 표현으로 바꾸어야 했고 이는 언어의 바다를 헤엄치는 일종의 모험이기도 했다. 꼭꼭 숨어버린 어휘 하나를 찾는 데에 몇 개월이 걸린 적도 있었다. 그럼에도 **삶 자체가 모험일지도 모를 일**이며, 그게 바로 모든 책에 숨겨진 뜻이고, 심지어 모험 외에 **세상을 살아갈 다른 방법이 있기나 할지** 의문이기에(p.103) 이 모험을 포기할 수 없었다. 그러다 문득 제인처럼 **어떤 말이 머릿속에 탁 떠오르는**(p.30) 날도 찾아왔다. 그렇게 직조된 문장들이 마음 깊은 곳을 울리기도 했고 심장에 직관적으로 각인되기도 했다.

다음은, 아무것도 아니기에 누군가가 될 수 있다는, 전무(全無)를 딛고 전능(全能)에 도달한다는 소설가로서의 자기 확신과 자신감, 스위프트 자신의 무르익은 자아관을 제인의 입을 빌려 드러내고 있는 부분이다.

> "전 아버지나 어머니를 전혀 알지 못했어요. 제 진짜 이름도요. 이름이 있기나 했다면 말이죠. 전 늘 그게 바로 작가가 되는 데 딱 맞는 이유라고 생각했어요. 특히 소설가가 되는데요. 어떤 자격도 없잖아요. 백지상태니까요. 더 정확히 말하면, 스스로 백지상태가 되는 거죠. 아무것도 아닌 사람 말이에요. 우선 아무것도 아닌 사람이 돼야 누군가가 되는 거 아니겠어요?"(p.111~112)

글을 읽으며 느끼는 이 감성과 울림의 순간이 행복이 아니라면 무엇을 행복이라 할 수 있을까? 제인과 함께 오늘도 우리를 찾아온 이 행복 말이다.

2025년 봄
신연희

MOTHERING SUNDAY
By Graham Swift

Copyright © 2016 Graham Swift
Korean Translation Copyright © AUNC 2025
Published by arrangement with United Agents, London through EYA (Eric Yang Agency), Seoul

이 책의 한국어 판 저작권은 EYA(Eric Yang Agency)를 통해 저작권자와 독점 계약을 맺은 ㈜에이유앤씨에 있습니다.
저작권법에 의해 한국 내에서 보호를 받는 저작물이므로, 무단 전재와 무단 복제를 금합니다.

마더링 선데이

1판 1쇄 펴냄 2025년 7월 31일
지은이 | 그레이엄 스위프트
옮긴이 | 정다은 신연희
펴낸이 | 이지혜
편집인 | 김지은
디자인 | 윤자영
펴낸곳 | 에이유앤씨(AUNC)

출판등록 | 2022. 03. 30 제 2021-000126호
주소 | 서울특별시 강남구 논현로 164길 6, 301호(신사동)
전화 | 02-545-6023

파손된 책은 구입한 곳에서 바꾸어 드립니다. 이 책 내용의 전부 또는 일부를 재사용하려면
반드시 저작권사와 에이유앤씨 양측의 동의를 받아야 합니다.

한국어판 © ㈜에이유앤씨 2025 Printed in Seoul, South Korea
ISBN 979-11-990644-0-9 (03840)